自由なサメと人間たちの夢

渡辺　優

集英社文庫

目次

自由なサメと人間たちの夢

ラスト・デイ

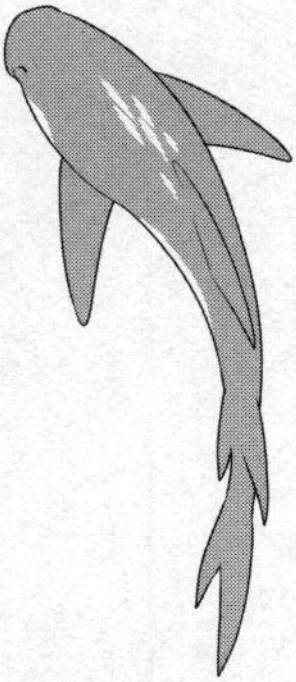

さて、私は死にたい。本当に死にたい。心の底から死にたい。

そんなことを言うと世の中には、じゃあ死ねば？　とか言ってくる思いやりの欠如したクズ共がいる。クズ共め。しかし私は死なない。もちろん死なない。すると想像力の欠如したクズ共は、なんだ本当は死にたくなんかないんじゃないか、とか言ってくる。まったく愚かしい限りである。私が死なないのは、死にたくないからではない。一度しか死ねないからもったいないのだ。

人は一度しか死ねない。臨死体験で一度死んだとか言い出すやつもいるが、そういうのは全然死んでいない。果たして死の定義とは、なんて話はどうでもいい。百パーセント死んでもう生き返らない、はい、終了、という状態を死だとするなら、人は一度しか死ねない。

私が死にたいのはひとえに憧れのためである。死って素敵。劇的で、ロマンチックだ。生きるのもそれなりに愉快で楽しいときもあるけれど、希死念慮が強すぎて結局死にたい。命を犠牲にしてでも死にたいくらい死が大好きなわけだから、一度しか死ねないのにそうやすやす死ぬなんてもったいなくてとてもできない。だから私はなんちゃって自殺未遂を繰り返し、クズ共をすっかりうんざりさせている。

さて、私は今、総合病院の精神科、開放病棟に入院している。私の人生においてこの状態はそれほど珍しいものではなく、だからそこまで大げさにはしゃいだりはしていない。

それは私も、生まれて初めて精神科に入院となったときには大はしゃぎだった。私のような希死念慮強すぎ人間、通称死にたがりは、精神病院とかお薬とか閉鎖病棟とかいわゆるメンタルヘルスに関係しそうなものを大変好む傾向にある。初めての入院のときは嬉《うれ》しくて嬉しくて、強制入院でもないくせに夜中うおおここから出せえ、とか叫んでみたりして、今思えばちょっぴり演技過剰だった。現に今、廊下を挟んで正面の部屋に入院しているタケナカというおばさんが、アーアーアーと五オクターブ上の声で叫んでいる。一週間と少し前にここに来てから寝起きに叫ぶのがタケナカさんの日課だから既に誰も気に留めないが、あれこそが本当の叫び声というものだろうと毎朝思う。私の初日の浮かれちゃった叫び声なんて、きっと芝居だとバレていた。もうそんなお芝居は恥ずかしくてできないが、ああ、でも、昨夜最後に記念にやっておけばよかったかもと思わなくもない。最後の記念に初心に返る。それもなかなか粋だったか。

私はひとつ伸びをして、ベッドの上で身体《からだ》を起こす。タケナカさんの叫びとともに起きるのがここでの私の日課だった。それはなかなかに浮世離れした感じで私好みだ。斜めに十五センチほどしか開かない窓から差し込む光が心地いい。四畳ほどの個室だが、私はここが気に入っている。ベッドに、ちょっとした私物を詰め込めるチェスト。壁紙は白で、床はふつうのアパートのような薄い茶色のフローリング。縦にすりガラスの入ったクリーム色のドア。ドアノブはシルバーの丸いタイプで、そこにワイシャツを引っ掛けて首吊《つ》りを試みたのは十一日前だ。

入院して間もなかった早朝、窓の隙間から金星が見えて、テンションが上がり死にたいと思った。ワイシャツの両袖を結んで首をつっ込み、ドアノブにかけてハングした。何度か意識が飛びかけたが、本格的に死ぬほど体重がかかる前に尻がついてしまう絶妙な高さで、静かに個室で苦しんでいるだけで誰に発見してもらえるわけでもなかったので、結局タケナカさんが叫び始める時刻になってひとり孤独に中断した。あれは私の歴代自殺未遂のなかでももっともしょうもない部類に入るものであった。首にうっすら赤い跡がつき、長期入院中のミカちゃんだけが心配してる風にコメントをくれたが、看護師共はみな総スルーだった。

私は少しの間ドアノブを見つめ、センチメンタルな気持ちになる。思えば、あれが私の最後の自殺未遂になるわけだ。ちょっと嫌だ。できればもうちょっとドラマチックで悲劇的な最終回にしたかった。例えば十代のとき、夏休みを利用し友人と訪れた北海道で、名前も知らぬ湖に入水未遂《じゅすい》をした、あれは良かった。深い青緑色のロマンあふれる湖で、たまたま同じペンションに泊まっていたちょっと素敵な大学生が必死に止めてくれたのも良かった。あれこそマイ・ベスト自殺未遂だ。ああいうのを最後にもってきたかった。ああ、でも仕方ない。そういう、やたら演出にこだわりたくて必死な私、それも、もう今日で最後なのだ。

私は愛情を込めてノブを回し、部屋を出た。薄暗い廊下が左右に伸びる。食堂兼談話室のある左手側に折れる前に正面のドアを蹴り、「うるっせえんだよタケナカ！」と叫ぶ。ダッシュで廊下を渡り切り、食堂に飛び込む。これも、私の日課だ。

慌ただしく入り口に現れた私を見て、手前のテーブルに座っていた看護師のサカキが睨《にら》みつけてきた。サカキはヒラの看護師よりちょっと偉い、役職のついた看護師だ。歳《とし》はおそらく四十前後で、女。けれど、そんなことはどうでもよくなるくらいに太っている。日本人離れした太り方で、デブというよりグランデといったほうが似合う感じ。シチリア島辺りのマフィアファミリーの中でマンマとか呼ばれていそうな感じ。わかるだろうか。

「おはよう」

私は朗らかに挨拶をした。私は機嫌が良いときは挨拶をする、そうでないときはしない、というスタンスを大切にしているが、権威に弱いのでサカキには基本的に挨拶をする。サカキは、はい、おはよう、と鷹揚《おうよう》に答えながら、私の瞳をじっと覗《のぞ》き込む。サカキは素晴らしい看護師だと思う。サカキの幅広の二重の目は真剣に生きている人間特有の光を宿していて、その光を分け与えたいとでもいうように、いつも他人の目を真摯に見つめる。私が優れたレシーバーだったら、その視線になにか心揺さぶられるものを感じられたかもしれない。サカキを慕い、愛せたかもしれない。しかし私は死に夢中で、いまいち他人の話を聞かなければ目も見ない。だから私はサカキに怯《おび》えたり媚《こ》びたりするだけで、サカキの素敵な部分を活《い》かせない。今朝もすぐに目を逸《そ》らした。

私はサカキがなにか書類を広げて作業するテーブルのわきを通り、食堂を抜けナースステーションに向かった。朝刊をゲットするためだ。新聞なんぞ下界ではめったに読まないが、ここは暇すぎて新聞が最高のエンターテインメントとなる。入院して二週間、私は世界情勢と円相場の動きと今最もアツい相撲取りに詳しくなった。

ナースステーションにはまだ夜勤の明けない看護師がひとり、怠《だる》そうに座って事務作業をしていた。看護師はいつでもなにかしらの作業をしている。まったく、大変な仕事だと思う。私はこれまで数々の病院の様々な科にお世話になってきたが、その中でも精神科の大変さは、他の科とはちょっと種類が違う方向に群を抜いている感じがする。もちろん病院によって勤務環境は異なるだろうが、それにしても、精神科は嫌だ。私なら嫌だ。なぜなら、患者の中に偽物が混じっているからだ。私のような。

通常、病院に偽物の患者はいない。みな本物だ。だから看護師も医師も、良い仕事をしようと思えば、真摯に仕事に取り組めばいい。良い仕事をする人間が、良い看護師、医師になれる。

しかし精神科には偽物がいる。偽物に対して、真剣に心を込めて仕事をすればどうなるか。どうもならない。頑張って仕事をしてもどうにもならない。偽物は人が努力して与えてくれる同情とか思いやりとか気遣いとかをルンルン気分で浪費する。どんなに真面目な良い仕事で尽くしても響かない。そちらが摩耗するだけだ。偽物の私が言うのだから間違いない。つまり、精神科で良い看護師でいようとするならば、まず見定める能力を身につけなければならない。目の前の打ちひしがれた救うべき「患者」が、本物なのか、偽物なのか。

私はこの病院への入院は今回で二度目になる。看護師の個性もだいたい把握している。この病院で、偽物と本物を完璧に見分けることのできている看護師は二人だ。サカキと、エビハラ。

今この目の前の怠そうな看護師はコンノといって、つぶらな瞳でなかなかに可愛《かわい》らしい顔をしている若い女なのだが、いつも目の下の隈《くま》がすごい。そういうメイクなのかと疑ったこともあるが、こすってもこすっても落ちていないので紛れもなく隈なのだろう。

紛れもなく疲れているのだ。

彼女は残念ながら、見分ける能力に長《た》けているとは言えない。患者の中に偽物が混じっているというところには気が付いているようだ。偽物に真面目に取り組んではいけないということにも気が付いている。しかし、誰が偽物なのか見抜けないので、偽物に真剣に付き合いすり減ったり、本物を冷たくあしらい傷つけ傷ついたりしている。可哀想《かわいそう》だが、経験を培い乗り越えるか、疲れ切りすとんと辞めてしまうか、どちらともつかないまま隈だけを濃くしていくか、いずれかだ。

朝刊を要求した私に、コンノはいかにも面倒くさそうに数種類並んだ新聞からてきとうに取って寄越《よこ》した。オッケー、私は偽物であっている。私の希死念慮は本物だけど、私は別にそれを治療でどうにかしようとは思っていないわけだから、病院を利用する患者としては偽物なのだ。その対応で正解だ、と言ってあげたい。

食堂に戻ると、サカキがまた顔を上げて私を見た。私はそれを目の端でとらえながら、四つ並んだ長テーブルの中で、サカキから一番離れた位置の席に着いた。食事の配膳スタイルも病院によって異なるが、ここではそれが可能なものは自分で食堂まで取りに来い、という決まりである。そのまま食堂で食ってもいいし、病室に持ち帰ってもいい。衆人環視の中で食う訓練を行っているものや、監視下で食うことを義務付けられているものもいるが、私は好きにして構わないとされている。私が偽物であることは院内の共通認識となりつつあり、基本的に放っておくスタイルが取られているくさい。食事が心身の健康を表す大切なバロメーターであることは周知の事実だが、私が二、三食抜いたくらいでは誰も真剣に取り合ってくれない。

朝食の時間まで十数分。食堂には私とサカキしかいない。私はまっさらなテーブルの上に新聞を開いた。一面記事。どこかの誰かが殺されていた。私はそういう記事は読まない。他人の死に、自分の死の理想を重ねそうになるからだ。それはなんだか他人の悲劇を勝手に美味《おい》しく咀嚼《そしやく》していただいているようで、そんな自分はおぞましい。不謹慎で、厚かましい、意地汚い思考だと思う。思うけれどそんな思考回路になっている私なので、読まないことで回避する。私はスポーツ欄までページをめくり、グランデVSグランデというまったく死のそらない紙面を眺める。

「宮村《みやむら》さん」

顔を上げると、サカキがまっすぐ私を見ていた。驚いた。二つもテーブルを挟んだ約十五メートルの距離から話しかけてくるなんて、活き活きしている人間は攻撃範囲が広くて厄介だ。

「今日で退院だよね」

サカキは右手で頬杖《づえ》をつきながら言う。気怠げな態度に見えるのに、先ほどのコンノのように面倒くさそうな雰囲気を感じさせないのはなぜだろう。むしろ、私に気を許している、フレンドリーさの表れのようで、悪い気はしない。

「ああ。おかげさまで」

私は手元の紙面に視線を戻して答える。記事の中のグランデたちも、みなサカキ同様生命力にあふれているように見える。これほど大きな肉体をもって日々を快活に過ごせるなんて、よほどエンジンが優れているのか。

「あなたはね」サカキが言う。

「自分の状況を把握してコントロールできてると思って、軽く見ているところがあるでしょう。そこがね、ちょっと心配」

私は新聞から目を離さぬまま、「ホウホウ」とフクロウの真似《まね》をした。サカキは素晴らしい肺活量のため息を吐《つ》く。「まあ」

「真面目に答えなくてもいいから、真面目に聞いてちょうだいな」

「聞いてますよ、真面目に。大丈夫、嬉しい」

私は真面目に答えた。本心だ。サカキが心配、なんて言ってくれてとても嬉しい。偽物にそんなことを言ったら調子に乗るだけだとわかっているだろうに。看護師としてではなく、ちょっとした知人として言葉をかけてくれたようで感激した。

「嬉しがらせたいわけじゃないんだって」

サカキはなおも言葉を続けようとしたが、そのとき廊下の奥で、大部屋の扉が開く音がした。間もなくぞろぞろと現れた大部屋住人たちにより、話は中断を余儀なくされる。再開のないままさようならだろうと思うと、少し寂しい。

一団の先頭はミカちゃんだった。ミカちゃんは私を見つけるとまっすぐ私のもとに来て、「朋香《ともか》ちゃん、おはよう」と微笑《ほほえ》んだ。朝のミカちゃんは女学生のように舌足らずな甘い話し方をする。それが夜になるにつれ次第に早口に低音になる。原理はわからない。ミカちゃんはそのまま私の正面の席に腰を下ろした。ミカちゃんの髪からは、数種類の煙草《たばこ》の混じり合った匂いがする。院内は完全禁煙のはずなのに。完全なものなどどこにもないということか。ミカちゃんは両手で頬杖をついて、私の新聞を覗き込んだ。彼女は新聞になんて興味はない。私に構ってほしいのだ。

ミカちゃんはもうずっと長い間、この病院で入退院を繰り返している。私が約一年前に初めてここに入ったとき既にいた。そのとき私は一か月弱で退院し、今回舞い戻ったタイミングで、また彼女も入院していたというわけだ。彼女はいろいろな精神疾患をほとんど網羅するんじゃないかという勢いで併発している。そのことは彼女のアイデンティティであり誇りであり、だからしょせん偽物でしかない私を哀れみ、見下し、油断し、なにかと仲良くしてくれる。犯した罪の重さによりヒエラルキーが決まる刑務所的ノリと同じように、病名の素敵さとかレアさによって人の価値が決まるという独自の物差しを持つ人間が精神科には一定数いて、ミカちゃんはその典型だった。似た価値観の患者グループの中で一日置かれ、なかなか快適そうに入院生活を送っている。

「朋香ちゃんと朝ご飯食べるのも、今日で最後か」

ミカちゃんは退院のたびに染め直す長い金髪をくるくる指に巻きながら、ため息交じりにつぶやいた。

「だねー」

「寂しいね。また来てね」

来れたらねー、と答えながら、私はもう、二度とここに来ることはないと知っている。ミカちゃんにももう二度と会うことはない。それは寂しいだろうか、と考えると、たぶん寂しい。好きなテレビ番組が終わってしまう寂しさに近い気がした。それも、大人になってから好きになったテレビ番組。私にとってミカちゃんは、しょうもない暇つぶしのテレビ番組だ。なかなかエンターテインメントを愛せない私にとって、貴重で大切な存在。

食堂には人が増え始めていた。向かいの部屋のタケナカさんも姿を現した。タケナカさんは食堂に来るとまず入り口で立ち止まり、きょろきょろと周囲に疑わしげな視線を投げかける。自分の部屋のドアを蹴ったのが誰か探しているんじゃないかと思う。今日私がいなくなって蹴りも止《や》むので、明日には犯人がわかるだろう。

ナースステーションの方からエレベーターの音がして、続いて台車の音、食べ物の匂いがした。各々朝食のトレーを受け取るため、動き出す。私はできるだけ最後に向かうようにしている。この毎食の配膳の瞬間が苦手だった。食べ物という繊細なものを一列に並んで他人から受け取り、素早く離脱するという一連の動作が難しい。はらはらしてしまうのだ。それを行っているやつらの雰囲気も嫌いだ。

昔医師にそのことを話したら、それは死への恐怖によるものだと分析された。私は覚悟を決めて自分の管理の下で至る以外の死を恐れているのだという。不慮の死。食べ物という生きる上で欠かせないものを受け取る動作をミスることや、それが他人の手にゆだねられている状況への不安は死への不安につながっているのだとかどうとか。何言ってんだこいつ、と思った。こじつけ好きな学者気取りの医師の言うことなど、話半分に聞くに限る。

大方人がはけて配膳の雰囲気が薄れるのを待ってから、私はミカちゃんとともに席を立った。私とミカちゃんとでは食事の内容が違う。私が受け取ったトレーの上には、白いご飯にお味噌汁《みそ》、鮭の切り身にゆで卵にほうれん草のお浸し。ミカちゃんのトレーをちらりと見ると、カロリーコントロールのためのペースト状の食べ物が、深皿の底に薄くよそられていた。あまり見ると食欲をなくすので、すぐに視線を逸らした。私はとろろすら苦手だ。内容はとにかく食事を完食するということがミカちゃんの訓練、治療の一環だった。しかもミカちゃんは放っておくと、摂取した食べ物が身体に吸収される前に吐き出したいという衝動を我慢できないので、食後一時間は看護師の監視下に置かれる。ついでに言うならミカちゃんの本名は葛西真美《かさいまみ》というのだけれど、初対面のときに、わたし、夜空に浮かぶ繊細な三日月がこの世で一番好きなの。たぶん前世でなにか深いかかわりがあったんだと思う。だからわたしのこと三日月と呼んで、と言ってきた。私はそういうプレイには全く興味がない。しらふで付き合うにはミカちゃんにもお空のお月様にも失礼な気がしたので、ミカちゃんと呼ぶところで妥協してもらった。

苦労して受け取った食事を手に、私はミカちゃんとともにテーブルに戻った。食べながら、病院のご飯を食べるのも次の昼食で最後か、とか、こんなに胃に食べ物を入れてしまったらあと数時間は割腹自殺はできないな、などと考えたりした。しかし私は絶対割腹などしない。うまい具合に未遂にとどめるのが難しそうだし、私の考える死の理想からはほど遠い。ちょっとロック過ぎるというか。そもそも今日で最後なのだから、もう自殺未遂のプランを考えたりしなくていいのだということに、まだ慣れない。

「後でそっちに遊びに行っていい？」

ミカちゃんは謎の食べ物を怠そうに咀嚼しながら言った。ミカちゃんの病室は六人一室の大部屋なので、狭い空間が恋しいのか、私の個室によく来たがる。

「どうかな。診察もあるし、荷物の整理がある」

「いいじゃん。手伝うし」

「うーん。うーん、まあ、オッケー」

「やった」

私は残りの食事を手早く片付け、席を立った。

「じゃあ、後でね」

食事を続ける患者の陣取るテーブルの間をすり抜け、配膳車に食器を返す。再び食堂を通り、廊下に出る。食べ物の匂いから解放され、息を吐いた。歩きながら、なぜか機嫌が悪くなっている自分に気が付いた。なぜだろう。食事も上手に受け取れたのに。理由が思い当たらない。

病室にたどり着き、後ろ手にドアを閉めた。細い窓から外を見下ろす。三階にある私の病室からは、狭くてぱっとしない裏庭と、低く横長の倉庫らしき建物、その向こうに走る幅の広い灰色の道路が見える。平日は車通りが少ない。見ているうちに、大きなトラックが一台、猛スピードで過ぎ去った。

私は手を伸ばし、傍らのチェストの引き出しを開けた。上から二番目。持ち込んだお菓子とパンツが入っている段だ。食べ物とパンツを一緒に仕舞っておける感覚が理解できないと、ミカちゃんに言われたことがある。洗ったパンツであるから問題ないと主張したのだが、そういう問題ではないのだという。非論理的な衛生観念へのこだわりは、ミカちゃんの死への恐怖のあらわれじゃないかな。

さて、私はパンツの中に、ひとつ隠しているものがある。入院にあたっては持ち込みが制限されているものがいくつかあり、私が大切にしているそれは、間違いなくチェックに引っかかるからだ。

私は引き出しの中から、白地にピンクとパープルとゴールドの星がちりばめられた、お気に入りのパンツを取り出した。窓枠の上にそっとのせ、丁寧に折り畳まれた三隅を開く。そこには私がもう記憶もないほど幼い頃から愛用している「キキララ」の小さな巾着袋が隠してあって、その中に、私の大切なそれが入れられている。

私は廊下の気配に気を配りながらベッドに腰かけ、膝の上にその中身をぶちまけた。

七種類の薬が、二十二粒。白くて丸い小さな錠剤、ピンク色で縦長の錠剤、青と白の可愛いカプセル。向精神薬に睡眠剤。吐き止めに、代謝を阻害する薬。ひとつひとつは薬だが、それら七種類を適量組み合わせることで、毒になる。

一昔前、「必ず死ねる」その組み合わせが、黄金レシピとしてネット上で話題になった。いくつかは処方箋が必要なもので、いくつかは海外から個人輸入する手間がかかるものだったにもかかわらず、何人かの死ニタリストが実際にそれで天に召され、ちょっとしたニュースにもなった。その影響かは知らないが、そのすぐ後に組み合わせのメイン素材ともいえる薬が流通停止となり、黄金レシピ自殺は入手難度の点から下火になった。

でも、私は持っている。長年コレクトし続けた死の気配のするお薬たちの中に、黄金レシピの七種類が偶然揃《そろ》っていたのだ。私はそれを「キキララ」の巾着に大切にしまい、どこに行くにも持ち歩いている。私の死への憧れのシンボル。私の宝物だ。

ぷちぷち可愛い薬たちを見ていると、下降気味だった機嫌が、めきめき回復してくる気配がした。

いや、違う。私は不機嫌だったのではない。不安だったのだ。下から上に、ではなく、上から下に変化して回復している精神状態を観察し、そう思った。ぴりぴりしていたのが落ち着いた。よかったよかった。

窓の外を再び見つめる。水色の空が美しかった。先ほどは空の存在にすら気が付かなかった。

良く晴れた、素晴らしい日だ。私はきちんと、今日を最後の日にできるだろうか。

☆

一時間ほどかけて荷物をまとめた。もとから二週間の予定での入院だったので、大した量ではない。薬の入った巾着を包みなおしたパンツも、他の衣類と一緒にスーツケースの中に押し込んだ。後からどうせ取り出すのに、とは思うが、ミカちゃんは人の留守中に引き出しとか勝手に開けそうなタイプなので用心する。もしかしたら鞄《かばん》だって開けるかもしれないが、さすがにパンツをひとつひとつ検《あらた》めたりはしないだろう。

ぎっしり詰まった小さなスーツケースのふたを強引に閉めたタイミングで、ドアがノックされた。開けると、エビハラがいた。サカキの右腕。本物と偽物を見抜くことのできる貴重な看護師。

エビハラは二十六歳の男で、身長はおそらく百八十センチ以上。細身だが適度に筋肉もついていて、外国人モデルのような体形をしている。しかし、その若さで可哀想なくらい頭が薄く、生き残ったわずかな髪を微妙に伸ばして両サイドに垂らすという謎の髪形をしている。二重の目はぎょろぎょろと大きく、鼻の下が平均よりだいぶ長い。そして異常に猫背。激しく不細工というほどではないのだけれど、全体の雰囲気がアトラクティブとはほど遠く、異性と見れば誰にでも色目を使わずにはいられないミカちゃんがスルーするほどの逸材だ。

「そろそろ診察の時間なので……二番にお願いします」

エビハラは覇気のない声でそう言うと、私の返事も待たずに背を向けた。私はすぐに部屋を出た。少し早足で、エビハラの猫背に追いつく。

「私、今日で退院なんだ」

エビハラは答えない。振り向きもしない。

「おい。聞いてんのか。おい」

　エビハラは答えない。私のことが嫌いなのだ。私はエビハラのこういう徹底したそっけない態度が好きだった。無機物に話しているようで安心する。

　二番の診察室は食堂の手前にある。私はドアの前で立ち止まり、去っていくエビハラの姿を見送った。幸せになれよ、と思わずにはいられない。

　診察室には、既に医師の姿があった。私が入室するとすぐに顔を上げ、柔和な笑みを浮かべた。白髪の老齢の医師で、私は入院の際と、週に一度の定期診察のときにしか顔を合わせていないので、正直その人柄はよくわからない。ただ、話はくどくなく、御《ぎょ》しやすく物わかりも良いので、まあ、そこそこ「当たり」だろう。今回は、退院のための最後の診察だった。私は仮出所を勝ち取りたい囚人のように、慎重に受け答えをした。

　穏やかに落ち着いた声で、よく眠れている、食欲もある、不安発作はない。

「そうですね。サカキ看護師からも、最近の宮村さんは調子が良さそうだと聞いています。食事もきちんととられているし、他の患者さんや看護師との関係も、以前よりずっと良くなっていると。それで肝心の、希死念慮のほうはどうですか。前回の診察では、落ち着いていると言っていましたが」

「ええ。落ち着いています。とても」

　私は深く頷《うなず》いた。医師はふむ、とだけ答え、手元のカルテに視線を落とすと、なにやら思案顔で口をつぐんだ。私は普段あまり真面目に診察を受ける患者ではない。いつもはいはい大丈夫オッケーとか答えた翌日に窓の隙間から飛ぼうとしたりハンストしてみたりといい加減なことばかりしてきたので、信頼は薄いだろう。

それでも、私はどうしても退院したかった。退院しようがしまいが、今日で最後にするという計画に変更はない。けれど、けじめとして、区切りとして、ラストは退院と同時がよかった。そういうどうでもいいところにこだわれるのも、もう最後だから。

「そうですね、最初の予定を変更する理由はなさそうですね」

やがて医師が頷き、私はこっそり安堵《あんど》の息を吐いた。

「退院後も、こちらの外来に通われるということでしたね。今回はとりあえず一週間分の薬をお出ししますので、来週経過を見て、また治療方針などご相談しましょう」

「はい」

私は嘘を吐いた。

「先生、ありがとうございました」

診察室を出た後、なんとなくぶらぶら歩くことにした。とりあえず病室のほうへと引き返し、そのまま自分の個室を素通りしてまっすぐ進む。突き当たり、個室の並ぶ廊下の西端に、保護室のあるエリアへと続く、鍵のかかった扉がある。保護室は、暴れたりなんだりで手に負えない患者を保護してくださるありがたい部屋だ。ここの病院で世話になったことはないが、人生初入院の際には私もちょっと試してみた。うおおとか叫んで暴れてみた。今思い返すと、やっぱり少し恥ずかしい。そしてなんだかほろ苦い。ともあれ、五点拘束されひとりになると、自分が人間じゃなくなったような気がして楽しかった。しかしそんな楽しさもせいぜい最初の三十分といったところで、あとはひたすら顔を掻《か》きたい衝動をこらえるので必死だった。拘束されると顔が痒《かゆ》くなるよねー、あーわかるー、というのは、すべての病院で交わされる拘束あるあるのひとつだと思う。

保護室エリアへの扉から引き返し、右手に分かれた廊下の先には浴室やトイレがあり、さらに進んで左に折れると、大部屋の病室が連なる廊下に出る。右側には明かり取りのためのはめ殺しの窓が並んでいて、気持ちのいい自然光が差し込んでいる。

天気の良い今日のような日は、床に落ちた光がまだらに模様を作る。その明るさの加減とまっすぐ長く伸びる廊下の開けた視界に、無駄に厳かな気分が引き出されて、私はゆっくり、踏みしめるように歩調を変えた。ドアの開いたままの大部屋からは、内容は聞き取れない程度のボリュームで話し声が漏れていて、耳が拾うそれらを聞くともなしに歩いていると、いくつかのシーンが記憶の中から呼び起こされた。早退したときの学校の廊下とか。平日、早朝、雨の日の美術館とか。教会。ステンドグラス。笑顔で拍手する人々とか。

一瞬、私はこの廊下がどこに続くのかわからなくなった。

けれど左手にはすぐにナースステーションが見えてきて、まったく無粋、興ざめだ。まっすぐそこを通り過ぎ、私は食堂兼談話室に入った。朝食の匂いが、まだほんの少し残っている。テーブルではなにかレクリエーション的作業が行われていた。エビハラがいたので近づいてみる。エビハラは最近入ったばかりのおどおどした患者の隣に座り、手元の作業になにか指示やらアドバイスやらを与えていた。

「エビハラ」

乱暴に声をかけると、エビハラはのっそりと顔を上げた。隣の椅子の患者も、驚いたように私を見上げる。

「私、今日で退院なんだ」

「……よかったですね」

エビハラは吐き捨てるように答えた。本当は無視をしたかったに違いないのに、隣の患者を不安がらせないため無理して答えてくれたのだろう。エビハラは健気《けなげ》な男である。

エビハラから反応を勝ち取り満足したので、私は病室に帰ることにした。食堂にミカちゃんの姿が見えない。おそらく私の個室に勝手に入り込んでいるのだろう。大切な薬たちが心配で、早足になった。

部屋に戻ると、サカキがいた。サカキは広い背中をこちらに向けて、両手を腰に当てベッドの方を見下ろしている。分厚い背中越しに、私のベッドに座るミカちゃんが見えた。折れそうな腕で折れそうな膝を抱えて縮こまるミカちゃん。サカキ越しだと遠近感が狂って見える。

「あ、ねえねえ朋香ちゃん。入っていいって言ったよね。わたしにさあ、部屋に来ていいって言ったもんね」

「イエス」

「ほら！　だから言ったのに。サカキさんがさ、勝手に人の部屋入んなって怒るの。勝手じゃないってば」

「だからね、いくらお互いで約束してても、ここのルールで禁止されてるの。家主のいないときに部屋に入っちゃ駄目。持ち主のいないときに物を借りちゃ駄目って」

「でも」

「すみませんサカキさん。私が言い出したのです」

私は頭を下げた。こんなどうでも良いことがせっかく決まった退院に響いたらやっていられない。

「貸す方も規則違反だからね」

サカキはため息交じりに私を睨んだ。私はもう一度頭を下げたけれど、殊勝な態度をとろうとするとどうしても演技過剰というか、人を小馬鹿にしたようなというか、わざとらしくなってしまって駄目だ。

「サカキさんは何の用ですか」

私は話を逸らした。

「定期採血。最終日になっちゃって悪いけど」

「なるほど、それでは行きましょう。私採血大好きです」

私は部屋のドアを押して、サカキを促した。サカキは渋い顔のまま、それでもこちらに足を向けた。

「あなたも出て、葛西さん。そんなに時間かかんないから、食堂かあなたの部屋で待ち合わせしてください」

「……はい」

ミカちゃんは怒られたことがよっぽどショックだったのか不満だったのか、蚊の鳴くような小さな声で答え、立ち上がった。ミカちゃんのこういうオーバーな態度もまあ演技的ではあるのだけれど、ミカちゃんはきっと演じている自覚なんてない。自分の態度を信じてそこに感情がつられているので結果として態度が真実になっている。もしかしたら、と思う。ミカちゃんも最初は偽物だったのかもしれない。けれど、自分でそれと気が付かないうちに、本物になってしまったのではないかとかどうとか。ともあれ、サカキがミカちゃんを追い出してくれて助かった。部屋の隅に置かれた鞄に荒らされたような形跡はない。

私はサカキに先頭を譲り、廊下を歩いた。振り返ると、ミカちゃんがなにか目配せを送ってきた。どんな気持ちが込められているのかはまるで読み取れなかったけれど、なんとなく軽く頷いてみせる。もう勝手に部屋に入るなよ、という気持ちを込めてみたけれど、読み取ってくれただろうか。

サカキは一番の診察室の鍵を開け、中に入った。私も後に続く。ミカちゃんが廊下をまっすぐ歩いて行くのを確認して、後ろ手に戸を閉めた。

「どうぞ、そこ座って」

サカキは入り口側の黒い丸椅子を指して言う。部屋の中にはもう一つ同じ丸椅子と作業机があり、可動式のカーテン仕切りの向こうに、採血キットの載ったキャスターラックと注射台が見えた。私は大人しく椅子に腰かけ、言われる前に左腕を出した。

一番の診察室の奥には、おそらくこの病棟で一番大きな窓がある。椅子に座って見える範囲はほとんど空で、それは私の個室からだってサイズ違いが好きなだけ見られるわけだけれど、やっぱり空の価値的に大きさって大事だ。テレビだって大きいほうが良いものな、大きいテレビと大きい窓がほしい、あと大きいベッド、などと考えていると、向かいの椅子に座ったサカキが視界に割り込んできた。

「大丈夫？」

「え？　ええ」

「なんだかぼーっとしてるからさ」

「大きいベッドのことを考えてました」

「……退院、延期するのも、悪いことじゃないと思うけど」

「は？　嫌です」

私は即、答えた。サカキは急に何を言い出すのだ。

サカキは、サカキにしてはのんびりとした動作で、採血の準備を始めている。ガーゼを広げ、注射器を点検し、私の左腕を取って、肘の上のあたりにオレンジ色の駆血帯《くけつたい》を巻く。「はい、ギュッと握って」私が左手に力を込めると、サカキは私の晒《さら》された肘の裏側を確認しながら、サッとアルコールを塗った。ひとつひとつの動作がどこか雑だ。なにか別のことを考えているな、と思った。

「なんでそんなこと言うんです。退院」

私はこらえきれず尋ねた。

サカキは注射器を手に、私の血管を見つめたまま動きを止めた。

話すことを、あるいは話すかどうか、考えているのだろうと思った。私は待つことにして、もう一度お空を眺めた。相変わらず雲一つない、透き通った空だった。外の、初夏のみずみずしい空気で肺を満たす自分を想像する。部屋に戻ったら、換気をしよう。

サカキはまだ黙っている。

急に刺してきたりしないよな、と心配になって、私は左腕に視線を戻した。

「先生から、最後の問診の様子を聞いてね」サカキは唐突に口を開いた。

「心配になったの。宮村さんが、なんていうのかな、すごく落ち着いてたって聞いて」

「はあ」

サカキの声にはいつものあけっぴろげなふてぶてしさが欠けていた。ひと言ひと言を、とても慎重に発音しているような。なんだか、怖がっているみたいだ。私なんかを。なぜだ。

「いいことじゃないですか。なにが気に食わないんですか」

「あなたは、どうしてここにいるの」

「リスカして家族にぶち込まれたのです」

「どうしてそんなことをしたの」

「死にたかったから」

「手首を切って死ぬのがどれだけ大変か、あなたはよくわかっているでしょう。どの血管を切ったら危ないのかも。あなたは今回、そんな危ない切り方はしてないよね。ご家族はびっくりしただろうけど」

「これって問診?」

「私はね、宮村さんは望んでここに入院してるんだと思ってたの。さっきもちょっと話したけどさ、あなたは自分の情緒も希死念慮も、ある程度コントロールができている。あなたがここに入ったのは、どうしようもないほどに追い詰められてってわけじゃなくて、あなたが自分で入ろうと決めて、そうしたんだろうなって。それは悪いことじゃないよ。外の世界でちょっと疲れちゃって、ちょっと入院でもして休もうって判断も、私はありだと思う。もっと健康な人だったら、旅行とかに行ったりするものなのかもしれないけどね。そんな気にもなれないくらい、疲れちゃってたらさ」

「私は別に疲れてないですけど」

私は休みたくてここに来たわけじゃない。私はただ、少しでも死への憧れを満たしたかっただけだ。その舞台に、ここを選んだというまでのこと。

「あなた入院して最初の診察のとき、手首を切った理由を聞かれて、ちょっと人生に疲れたって言ってたよ」

「へえ。そうでしたっけ」

「あなたはさ」

サカキは、ふう、と、疲れたように息を吐き出す。

「私らにも先生にも、本音を話してくれないよね。私らを信頼できないからとかそんな理由じゃなくてさ、ただ、話すのが面倒くさいって感じ。ねえ、私らをさ、もっと利用してくれていいんだよ。あなたが楽になるために。そのための病院なんだからね」

「利用してるよ」

楽になるためではなく、死に近い雰囲気を楽しむために。だから私は偽物なのだ。患者ではなく、演者であり、観客でもある。

「まあ、なんにせよね」

そこで、サカキは私の腕に注射針を刺した。会話の合間、ちょっとコーヒーでも飲むような気楽さで。ふざけるな。ワンモーションくらい入れるのが礼儀だろう。心の準備がまだだった。

「自分で決めて入院したならさ、いざ退院ってなったとき、もうちょっとナーバスになったりするものなんじゃないかなって思ったの。外の世界に戻っていくのに、不安とか、いろいろ」

注射器の中に、私の赤黒い血液が満ちていく。痛い。

「一概には言えないんだろうけど、今の宮村さん、なんか、落ち着きすぎてるっていうか。穏やかな感じがして、心配。あのさ、私、自分で死んじゃう前に、吹っ切れたみたいに穏やかになる人、わりと見てきたから」

「なにそれ」私は、冗談を聞いたことにして笑った。「私は大丈夫です。それにそもそも、私って偽物だし」

はたして偽物の意味がサカキに通じるだろうか、なんてことを考えもせず、私は言った。きっとニュアンスでわかるだろう。私が偽物だということを、サカキは知っているのだから。サカキは顔を上げて、私を見た。

「偽物なんていないよ」

お。

おう、と、変な声が出た。サカキの目の中には、例の真摯な光。サカキの言葉と眼差《まなざ》しをもろに食らって、私の心臓は変な跳ね方をしはじめた。なんだろう、嬉しい、と思った。

これが今日でなかったら、もっと早くこんな風に言ってもらっていたら、私はきっとサカキにロックオンして、死にたい感じをちらちら見せては私の理想の自殺未遂の観客に引きずり込んでいただろう。嬉しい。でも、

「大丈夫。死にたいの治ったから」

もう、そんなことで喜べるときはお終《しま》いだ。サカキの心配は流石《さすが》鋭いけれど的外れである。サカキに望むことは、もうなにもない。

まだ作業のあるサカキを残して、私はひとり診察室を出た。サカキはずっと難しい顔をしていた。あの分だと、医師になにか私の退院にマイナスになるような進言をするかもしれない。無駄なのに。私は廊下を左手に進んで、食堂に向かった。最後にミカちゃ

んを見ておこうと思った。

と、ちょうど私が通り過ぎるタイミングで、二番の診察室の戸が開いた。出てきたのはエビハラだった。私は嬉しくなって足を止めた。今日のエビハラは全くついていない。午前中だけで、こう何度も嫌いなやつに出くわすなんて。

「エビハラ、私今日退院なんだ。知ってた？」

「知らないです」

無視されるかと思ったが、エビハラは答えた。もはや無視することもできない、というような、苛立《いらだ》ちの滲《にじ》んだ声だった。

「寂しいか」

「いいえ。てか邪魔なんで、どいてください」

もしかしたらエビハラは、私を殴りたいくらいに嫌いなのかもしれない。もともと、エビハラは偽物の患者のふざけた態度が許せないという思いが、人一倍強そうではあったのだ。それに加え、前回ここに入院したとき、私はうっかり彼をキモい猫背の人と呼んでしまった。それ以来、エビハラの瞳には私に対する強い憎しみが宿っている。私はその憎しみの炎を消すことを諦め、いっそより激しく燃えろと情熱を注いでいる。それももう最後だ。私は寂しかった。

「私も寂しいわ」

エビハラは唸《うな》るようなため息を吐いた。やっぱり、最終日だからだろうか。エビハラもいつもよりも私への苛立ちを露骨に表現してみせる。苛立ち。

私は夫のことを思い出した。私の入院をバックアップしてくれた夫。死への憧憬《しょうけい》を理解できぬクズ共のひとり。

二週間前、その夫に、別れてほしいと頼まれた。

死にたがる私に疲れたのだという。私が死を口にするたび、苦痛なほどの苛立ちに襲われるのだという。物騒なことを言わない、平和な女が恋しいのだという。本当は子供も欲しいのだという。でも、死にたがる妻と子供、その両方を抱え生きる自信がないのだという。

別れを切り出したとき、夫は泣いていた。私が夫を泣かせたのだった。なんの非もないクズ野郎を。

夫をクズ野郎にしたのも私だ。夫は私に出会うまで死にたがりに絡まれたことがなく、だから、最初は素直で親切だった。死にたがる私に驚き、心配してくれた。それは慣れない者にとって、なかなかに刺激的で、なかなかに心地よいことだと私は知っている。

しかし、人は飽きる。飽きによる苦痛は軽視されがちだが、飽きたことを、なお何度も何度も何度も繰り返されるのは拷問に近い。飽きが過ぎると嫌悪になる。でも、私は夫を愛している。

「エビハラ」

私今日退院するんだ、と言おうとして、止めた。私はエビハラを苛立たせることで、夫を苛立たせたことを薄めようとしているのかもしれない。私はエビハラだって好きなのに。

「エビハラ、君はちゃんと背筋を伸ばしたら素敵だと思うよ」

私は食堂に向いていたつま先でターンして、自分の個室に進路を変えた。エビハラの答えは聞こえなかった。たぶん無視されたのだ。

あんまりサカキを心配させておくのも気が引けるし、エビハラに絡み続けるのも悪い。昼食が終われば、夫が私の身柄を引き受けにやってくる。夫に会う前に終わらせたい。さっさと済ませてしまおう。

私は自分の部屋のドアを開けた。誰もいない。背中でドアを閉めて、正面の窓に手をかける。その窓の限界、十五センチまで全開にして、外の空気を吸い込む。お日様と、かすかに排ガスの匂いがした。外の匂いだ。浮世の匂い。

私は部屋の片隅、小さなスーツケースのふたをつま先で開けた。ピンクとパープルとゴールドの星柄のパンツは、きちんとそこに収まっている。私はそれを摑《つか》みあげて、部屋を出た。少し考えて、場所を決めた。トイレがいい。絶対に、トイレにしよう。

私は先ほども歩いた道筋をたどり、保護室エリアへの扉を横目に見ながら、個室の連なる廊下を左手に折れた。手の中の薬を思って、胸がどきどきした。到着した女子トイレに、懸念していた先客はいなかった。ミカちゃんあたりが吐いていたらどうしようかと思ったけれど。

私は、洗面台の前にはめ込まれた鏡の前で一度足を止めた。鏡の中の自分と目が合う。気持ちは穏やかだ。

さて、私は死にたい。しかし今日、自らの希死念慮を殺すと決めた。

私はもう二度と、死に憧れたりしない。自殺未遂を楽しんだりしない。今日この日で、死にたがりを止めると決めた。

本当は、この薬を捨てるなら、星で満たされた夜空に放り投げるか、深い青の静かな湖に沈めたかった。私が何度も思い描いて、何度も実際に演じて見せた、理想の自殺と同じように。宝物との別れだって、素敵に演出したかった。

でもそれでは駄目なのだ。私はもう、ロマンの中で生きるのを止める。私は、死より現実を選ぶ。私は死にたい。本当に死にたい。死は劇的で、ロマンチックで、私の心をとらえて離さない。でも私は、もう三十一歳だし、夫を泣かせたくないし、できることなら、死にたがらない母親になりたい。

完璧な理想にたどり着けぬまま、私は私の理想より、ずっと大人になってしまった。そろそろもう、潮時とすべきだろう。どんなに熱く追いかけた夢でも、いつかあきらめを知り断ち切らなければならないときが来るように、私はこの憧れを殺すと決めた。私に理想の死は訪れない。だったらこの夢は、私の現実を蝕《むしば》むだけ。邪魔なのだ。だからこそ、私は大切な死の象徴を、素敵に捨ててはいけない。私の死への憧れなどウンコと同レベルなのだということを、私はしっかりと自分に示さなければならない。死への情熱に費やした時間とエネルギーを他に向けていたら、私は今、病院のトイレではなく、どこにいただろう。反省は全くしていないが、少しだけ後悔がある。夢を見ていた傷跡が。

私は、鏡に映った自分を見つめた。自分の両目の奥を見つめて、その奥にあるような気がする希死念慮を見つめた。

今でも死は好きである。死の気配のする病院も好きだ。サカキは優しいし、エビハラは良いやつだと思うし、本物のミカちゃんはとても魅力的だ。「患者」を演じていられるときが、私は最高に好きだった。そのすべてとお別れだ。とても寂しい。でも、さようなら。私は俗世で生きていくわ。

私は個室に入り、鍵をかけ、「キキララ」の巾着を開いた。個包装された薬を押し出し、ひとつひとつトイレに落とす。二十二粒の薬の沈んだ水面を、私は見つめたりしなかった。タンク横のレバーを、中指で押し上げる。

そうして私は、私の憧れた素敵な死を、すべてトイレに流した。

ロボット・アーム

最初は何も感じなかった。一拍おいて熱を感じて、その後目視で、状況を理解した。理解すると、また何も感じなくなった。混乱と焦燥、恐怖によって、五感は完全に麻痺し、機能を止めた。最初に取り戻したのは聴覚で、後藤大貴《ごとうだいき》は、自分の叫び声、周囲の怒鳴り声、緊急停止ブザーの音を、次々聞いた。

昼の休憩に入る直前だった。後藤の所属する部署は、二十四時間ラインを止めないため、休憩も時間をずらして取る。自分が何時からの休憩だったか、背後のホワイトボードを見るために、唸りを上げるマシンから目を離した、一瞬のことだった。

時間の感覚も喪失した後藤大貴が、その後の騒乱を長く味わわずに済んだのは、ある意味幸福だったかもしれない。惨状を目にした後輩の西島《にしじま》はその場で失神し前歯を折った。止血だ！　と叫んで駆け寄ってきた先輩の大野《おおの》は血で滑って転び前歯を折った。先見の明を持ったライン長は、安全管理に問題はなかった！　とひとり先走り叫んでいた。引っ込み思案であまり主張しない性質の相沢《あいざわ》さんの、とりあえず患部を縛って、心臓より高く上げて、救急車を呼びましょう、という声は、何度も緊急ブザーの音に遮られた。適切な措置を遅らせることとなったそれらの不快な騒乱を、後藤大貴は数十秒にしか感じなかった。緊急停止装置が作動してから、正確には二十七分後。彼はようやく乗せられた救急車の中で、嗅覚を取り戻した。血の匂い。

それが呼び水となって、脳の奥にまで到達していなかった視覚情報が、やっと正常に認識された。後藤は、自分が何を失ったのか理解した。後藤大貴は右手を失った。

「最近の義肢は、すごいですよ」

義肢装具士の男は、自慢げな響きを隠そうともせず、そう言った。

「ハイテクです。超ハイテク。興味のない層にはあまり知られていませんが、義肢にはあらゆる分野の最先端技術が集約されているんです。それがここ数年だけで何度もブレイクスルーを起こしてます」

「はあ」

後藤大貴は弱々しく頷いた。ここ数日、あまり良く眠れていなかった。少し前から始まった幻肢痛《げんしつう》のせいだ。後藤の場合、眠りにつこうとすると発生する痒みが一番辛《つら》かった。掻こうにも、もうそこに右手はない。彼の右手は業務上の事故により失われ、外科治療では元には戻らなかった。

「二〇一〇年代には既に、神経とつないで自在に動かせる、触覚のフィードバックもあるタイプの義肢が登場していたんですけどね、その後の二十年で、その精度が飛躍的に上がりました。普通の手足なら、今や本物と遜色なしです。製作も装着もリハビリも、格段に楽になりました。なんといっても、ここ数十年でのテロやら紛争やらの影響が大きかったですね。先進国での需要がガンガンに伸びて、オプションも、ほんと豊富になりました。今や義肢は、失われた手足の代替品じゃない。それ以上なのです」

義肢の進化の歴史も、義肢装具士の自慢らしい豊かなオプションも、後藤は興味がなかった。後藤にとって重要なのは、ただ二点。

「あの、その本物と遜色ない手っていうのは、保険は……」

「もちろん、利きますよ。普通の手と同じ機能でいいならね。それ以上を希望されるなら適用外になっちゃいますが、でも」

「あ、いいんです。普通の、普通の手で。で、その普通の手っていうのは」

そこまで話したとき、後藤は右手にかすかな刺激を感じた。薬指の、付け根のあたり。針で深く刺されるような、鋭い刺激だ。後藤はびくりと身体を震わせ、膝の上に載せた両手を見下ろすが、そこにあるのはきつく握りしめられた左手と、先端を失った、空虚なワイシャツの袖だけだ。

失われたはずのパーツが痛む、幻肢痛。それは人により、火であぶられるような熱さだったり、石ですり潰されるような痛みだったり、虫の這《は》うような痒みだったり、度合いも種類も様々らしい。厄介なのは、症状に対する直接的な手立てがない、という点だ。薬を付けることも、患部を優しくなでさすることもできない。後藤は無駄と知りながらも、シャツに覆われた右手首を左手で強くつかんだ。

「ああ、それ」

後藤の挙動に、義肢装具士は目を輝かせた。

「軽減されますよ。すっかり治まる人がほとんどです。鮮明な触覚付きの義肢をつけることで、脳の誤作動が落ち着くんでしょうね」

義肢装具士の目には、人を救えるということに対する喜びがはっきりと見てとれた。どん底まで弱り切った今の状況でなければ、後藤はその態度を傲慢だと感じたかもしれない。自分に他人を救う力があると確信し、喜んでいる。そして、それを隠そうという謙虚さも見られない。普段の、つまり右手を失う前の後藤であれば、そこに嫉妬や劣等感を覚えたはずだ。自信に満ち溢《あふ》れた同世代の同性が、後藤は苦手だった。

しかし、今の後藤には、彼がただ純粋に救世主に思えた。右手を失い二か月が経過していた。その間彼の胸に、ポジティブな感情が湧いたことは一度もなかった。じわじわと強くなる幻肢痛に届かぬ左手に苛立ちながら、今、後藤は事故後初めて、胸に広がる希望の温かさを思い出していた。

「よろしく……お願いします」

カウンセリングだけでアポイントを取っていたが、後藤の希望に義肢装具士は柔軟な対応をしてくれた。測定日、再診察日、仮装着日、本装着日、流れるようにスケジュールを組み、詳細を詰める。

「ところで、デザインやなんかはもう考えてましたか？」

「え……デザイン、ですか？」

義手のデザイン。それはもう、手の形でお願いします、と言うしかないのでは、と、後藤は首を突き出して聞き返す。

「ええ。ご本人の肌色に合わせて質感もほとんど本物の皮膚のように作ることももちろん可能ですが、今、あえて器械感を残すのが流行《はや》ってるんですよ。ロボット・アームのクールさを強調したいって、わざとごつごつした造形にしたり、一部透明な素材にして、関節のギミックが見えるようにしたり。あ、でも、その辺は流石にオプション扱いですね。保険内で選べるのは、色とか、素材とか。まあ、制限はありますけど」

普通の、肌色で大丈夫です。後藤はそう答えた。

そして話題は、診察予定日の詳細に戻る。しかし後藤の脳裏には、片付いたはずのそのテーマがずっとちらつき、落ち着かない。

色。素材。選べるのか。自分の手。ロボット・ハンド。

「では、次回の診察で」

義肢装具士の言葉に後藤ははっと顔を上げ、診察室の丸椅子から立ち上がった。会釈とともに立ち去ろうとする。が、足が動かない。義肢装具士が不思議そうに後藤を見上げる。二秒ぴったり見つめ合った後、後藤は言った。

「すみません……、やっぱり黒でお願いします」

「こんな言い方不謹慎だとは思いますけど」

前歯の欠けた口をだらしなく開いて、後輩の西島は言う。

「めっちゃかっこいいっすね、それ」

西島は、後藤の右手を指差す。西島の眼《め》の中には、確かに嘘偽りのない憧れと称賛の色が見て取れて、後藤は嬉しさ半分、照れくささ半分で、はは、と、ぎこちなく笑って視線を逸らした。

後藤の右手が完成した。

仕事に復帰する目途が立ち、その話し合いのため、後藤は久しぶりに職場を訪れていた。事故の直後は、まさか自分がこの職場に復帰する気になるなどとは夢にも思わなかった。自分の右手を破壊したあのマシンの唸る音を再び聞くなんて、到底耐えられる気がしない。事故で支払われた保険金でしばらく暮らし、先々のことはそれから考えようと思っていた。いや、当時はただただ絶望で、先々のこと、などという発想すら、浮かんではいなかったか。

「なんか、色とかも超クールっすよね。艶消しで金属っぽいし、すげーロボっぽいっていうか。すげー強そう」

後藤は、西島にこんな風に尊敬の目を向けられたことなど今までに一度もなかった。仕事について称賛されることはままあった。作業が速い、丁寧だ。しかしそれは、あくまで「職場の先輩」としての後藤に向けられたもので、人として、男としての尊敬とは、微妙に中身が違う気がした。

職場に復帰すると決めたのは、そして、その話し合いを顔見知りの集まる日勤の上がり時間に組んだのは、ただこの目的のためだった。

自慢したい。

最強にかっこいい俺の右手を見てほしい。

後藤は右手の表面素材にブラックシリコンを選択した。本物の「手」に近づけるような、加工や彩色は一切しなかった。近くからなら、一目で義肢とわかる。仮装着が完了し、初めてそれを動かしたとき。後藤の胸は感動に震えた。失われたものを取り戻した喜び、希望、安堵感。そして、それだけではなかった。

それは幼いころ、初めて自分のモバイル端末を買い与えられたときの興奮に似ていた。

学生のとき、初めてアメリカンの大型バイクを購入したときの感激とも。最高にクールなものを得た喜び。それを得たことで、自分自身が変化したと思えるほどの。新しいステージが開けたと思えるほどの。後藤は、突如として降って湧いた、強烈な物欲が満たされた喜びを噛《か》みしめていた。

「実際どんなもんなの？　それ、力はさ」

西島の後ろから覗き込むように、先輩の大野が言った。西島とは異なり、その前歯は既に治療が済みセラミックとなっている。後藤の右手を見ても、西島ほど興奮を露《あら》わにはしていなかった。

「握力は、普通ですよ。最大で六十キロくらいです」

「そうなの？　なんかさ、すげー強いやつもあるよね。なんかで見たけど。木材とか、余裕でバキバキいけるような」

「ああ、そういう強化もできますけど、保険の対象外で。結構かかるみたいなんですよね」

「ふーん。いくら？」

「いや、具体的な値段までは聞かなかったですね」

「何十万円の世界なのかな。それとも何百万とか？」

「いやー……どうでしょ」

「大野さん、興味津々じゃないっすか」

横で聞いていた西島が笑った。

「だってよお、ちょっと、いいよなあ。あんまりはしゃいじゃ後藤に悪いけどさ」

にやっと笑いの漏れた大野に、後藤はいえいえそんな、と控えめに手を振る。

いえいえそんな、いいんですよ。もっと褒めたたえていいんですよ。

「いや、男なら憧れますって。器械の腕、いいっすね」

「だよなあ。俺なら、金積んで最強にするわ」

帰りの電車の中、後藤はずっと幸福だった。吊革を右手でつかんでいる。遠目では、ただ黒い手袋をしているだけの手に見えるだろう。しかし近くで見れば、そのマットな質感や、関節にわざと残した無骨な凹凸から、それが「器械」なのだとすぐにわかる。後藤には、周囲の人々の視線がすべて自分の右手に集中しているように感じられた。熱い視線。憧憬の視線が。

西島と大野の反応は、後藤が夢想していたものと比べても全く遜色なかった。後藤の復帰に苦い顔をしていたライン長さえ、なにげない素振りで右手で頭を掻いて見せたとき、その眼が「いいな」と言っていた。引っ込み思案の相沢さんは、後藤が日常生活を取り戻したことにとにかく安堵するだけで、「右手」に対する熱は特に見せなかったが

——彼はもう定年近い。男のロマンを忘れていたとしても、そこは仕方がないだろうと、後藤は納得することにした。

後藤は来月三十三歳になる。

そのことに、偶《たま》に自分自身で驚く。男の三十などまだ若造だという年配者の意見に納得はしているものの、本当に若かった頃の自分が言う。お前はもうおっさんだと。お前は、肉体の一番強い時を通り過ぎようとしている。大して強くもならぬまま。

百六十九・五センチ。そこで後藤の身長は伸びるのを止めた。同年代の平均に、一・五センチほど届かなかった。たったの一・五センチ。ずば抜けて「低い」数値ではない。しかし、平均など当てにならない、と後藤は思う。毎朝の電車の中、混雑する一車両の中に、自分より背の低い男が見つけられないことなどザラだった。ヒールを履いた女よりも、低い。

まあ、背の高さなんてどうでもいい。いくらでかくてもガリガリで、ひょろひょろしたやつだっていっぱいいるんだし。

後藤はそう考えて、筋トレを始めた。ランニングを始めた。筋力も持久力も、どちらも「強さ」だと考えた。しかし、プロテインを飲んでは腹を壊し、早朝走っては腹を壊し、なにもしなくても腹を壊した。後藤は胃腸が弱かった。

結局後藤は、中肉、やや低身長、やや虚弱として大人になり、来月三十三になる。

そのせいで困難な目にあったことは一度もない。素晴らしく文明化された時代に生まれ、日常の中で身体の強さが求められる機会などそうなかった。まともな仕事にもありつけた。うっかり右手を失うような仕事だが、とにかく、働いて、食べている。「強さ」など、自分の人生には必要なかったのだ。

けれど。

車窓から差す西日にまどろみながら、後藤は今日、自分の右手を見て言った、後輩・西島の言葉を思い出す。

――すげー強そう。

強そう。自分の手、自分の身体に、そんな言葉が浴びせられる日が来るなんて。

にやにや浮かぶ笑いを抑え込むために、後藤は大きく息を吸った。淀《よど》んだ電車内の空気が、甘い喜びとして胸に満ちた。新しい道が開けたような気分だった。新しい右手が、新しい何かを呼び込んだ。

改札を出ると、夕刻の空がとても美しく見えた。

ひとりで暮らすマンションまでの道のりを、後藤は噛みしめるように歩いた。目の前に、黒い右手をかざしながら。職場での幸福なやりとりを、何度も反芻《はんすう》しながら。

一陣の風が吹き去ったとき、ひとつの言葉が脳裏に残った。先輩・大野の言葉だ。

――俺なら、金積んで最強にする。

本装着の日、後藤が、やっぱり握力を少し上げたい、と相談すると、義肢装具士の男は、わかっていた、とでもいうような満足げな微笑みで頷いた。

男が例として挙げた強化オプションの料金は、保険金を受け取ったばかりの後藤には難なく払える額だった。それは、老後の貯蓄に回そうと考えていた金だったが――もともとなかったはずの金なのだ。特別なものを手に入れるために使ったって、そこまで無謀では、ないはずだ。

「ただ、リハビリには少し、余計に時間がかかるかもしれません。これまでの握力が急に、片手だけ強くなるわけですから。細かな感覚がつかめなくてグラスを割ってしまったり、気づかず力を込めすぎて、まわりの筋肉を痛めたりする危険はあります。そのあたりの苦労は、覚悟できておられますか」

「はい」

後藤は深く頷いた。不安は全く感じなかった。力が手に入る、という期待に興奮した後藤にとって、少しの苦労など力の魅力をより強めるだけの試練に過ぎない。それは義肢装具士の男もわかっているようで、男の口調には、どこか後藤を煽《あお》るような響きが混じっていた。

「大丈夫です。おまえに本当に、力を手にする覚悟があるのか。よろしくお願いします」

「わかりました。では、力を上げましょう。具体的にどのくらいの強さにするか決めていますか？　ちなみに、握力八十キロ程度で、リンゴを握りつぶせるくらいになりますよ」

「えっと……あの、百……百二十くらい、で」

後藤の挙げた数字に、義肢装具士の男は少しだけ目を見開き、口元は笑みを深くした。

「それは……かなりの強さになりますよ」

ええ、と、後藤は答える。本当は、百五十キロと言いたかった。相手の反応が怖くて、つい希望を引き下げてしまった。男の驚いたような顔を見て、そうして良かったと後藤は思った。百二十キロ。とりあえず、まあ、それでいい。しかし、さらに本当の望みを言うなら、後藤は、二百キロの握力が欲しかった。それくらいの力があれば、人の骨を握って折ることができると、調べたのだ。

「まあ、もちろん可能ですけどね。ただ、百キロを超える握力は届け出を出さなくてはならない規則ですが、そちらは抵抗ないですか」

「ええ、大丈夫です」

強化義肢の届け出に関しても、後藤は既に自力で調べ承知していた。人体の能力を逸脱するような義肢の強化に関しては、その目的を明記し在住する自治体に届けを出す必要がある。しかし、それはあくまで形式として求められるだけで、内容の細かな審査などがあるわけではない。業務上の都合、とだけ書いて出せば問題ないと、調べた。

「わかりました」

義肢装具士の男は、後藤の目をまっすぐに見ながら深く頷いた。

後藤は、この男に対する好意と信頼感が湧き上がるのを感じた。こいつはわかっている、と思った。それはたとえるなら、同じアーティストの曲を聴くもの同士、同じ作家の本を読むもの同士の、互いの肯定に似ていた。価値観の肯定。さらに言えば、同じ神を崇拝するもの同士の。こいつは、わかっている。力の価値を。

後藤は、いつかこの男に握力を二百キロにしてくれと頼むときが来るだろうと、はっきりと予感した。


喧嘩《けんか》がしたい、と思った。

親しい友人との仲たがい。正々堂々とした一対一の勝負。そういった喧嘩、ではなく、いわゆる馬鹿の殴り合い。

後藤大貴は、人を本気で殴ったことがない。本気で人に殴られたこともない。後藤は比較的治安の良い穏やかな地方都市で生まれ育ち、中学、高校ともに荒れた世代をすり抜けるように、平和な学生生活を過ごした。先輩たちの武勇伝を聞きながら手を出す悪いことといえば酒や煙草程度で、大人たちが大切にする自分の肉体を害することにほのかな愉悦は覚えても、そのささやかな粗暴さが他人を傷つける方へ向かうことはなかった。もっとも後藤の場合、荒れた環境に身をおこうものなら、すぐさま傷つけられる側の人間に分類されただろうけれど。

とにかく後藤は、殴り合いの喧嘩、暴力の経験がなかった。それはとても素晴らしい、幸運だ、良いことだ、とのみ込む一方で、後藤は暴力に対し、やり残した青春を見つめるような、センチメンタルな憧れを抱いていた。ただむやみに暴力を振りかざしたいわけではない。なんの非もない者や弱者を痛めつけたい、という願望は、彼にはない。

俺は悪者を倒したいのだ、と、後藤は思う。

ずっとずっと悪者を倒したかった。幼少期は悪の怪人を倒したかったし、学生時代は筋の通らない大人を倒したかったし、大人になってからは、痴漢や通り魔やテロリストを倒したいと願い続けてきた。ただ、悪者と遭遇する機会もなく、どのみち後藤は非力だった。暴力に対する願望は満たされぬまま、このまま老いて死ぬのだろうと、いつからか後藤は受け入れていた。しかし今、彼は力を手に入れた。

そんなわけで、握力を百二十キロにまで強化した義手を装着して三週間後、後藤は市内で最も治安が悪いとされる地帯を、最も物騒だといわれる丑三《うしみ》つ時に、うろついていた。

歓楽街の奥の奥。華やかなネオンがきらめくにぎやかな通りから、一本、二本と入ったあたり。キャバクラの看板すら影を潜める裏通りに出ると、すれ違う人々が皆反社会勢力の構成員に思えてくる。

後藤はどきどきしていた。

今、次の瞬間にでも、そこの路地から悪者が飛び出してきて、いちゃもんをつけてくるんじゃないか。喧嘩をふっかけてくるんじゃないか。胸倉をつかんでくるんじゃないか。

どうか胸倉をつかんでほしい。それこそが後藤の望む最大のポイントだった。胸倉をつかんできてくれさえすれば、勝てる。そこを外されてしまったら、後藤は一気に窮地に立たされることになるだろう。握力が強くなったくらいで、喧嘩が強くなるわけではないということはわかっていた。殴る力は腕力に依るところだし、攻撃を避けたり、受けたりするといった能力は、もちろん握力では補えない。ただ、胸倉さえつかんでもらえたら、後藤はその手を落ち着いてつかみ返す。そして、バキバキ。悪者はその圧倒的力に恐れおののき、逃げ出す。

後藤は何度もシミュレートしたその流れを思い描き、大きく深呼吸した。大丈夫だ、やれる。

本当は、襲いかかってきた相手の腕を捻《ひね》りあげてバキバキ、だとか、殴りかかってきた相手の拳を受け止めてバキバキ、というのが理想的だった。けれど、後藤は動体視力が弱い。俊敏さもない。度胸もない。冷静に自己を分析して、派手なアクションは望みが高すぎると判断した。胸倉をつかまれる、その一点だけに目標を絞ろうと、後藤は胸倉のつかみやすそうなパリッとしたワイシャツを着て来ていた。もし、有無を言わさず殴られたら、すぐに逃げる。それが、今日の計画のすべてだった。

より薄暗い路地に出たとき、前方から、暗い色のシャツを着た、二人組の男が歩いてきた。派手な色の髪。背は後藤より高いが、それほど体格がいいというわけではない。丁度いい、と後藤は思った。けれど、こちらからじろじろ睨みつけたり、肩をぶつけてみたりというわけにはいかない。あくまで善良な自分に一方的に因縁をつけてきた悪者を倒す、というのが、彼の望むストーリーだった。

後藤は努めて穏やかな顔で歩き続けた。男たちとの距離が近づく。すれ違う。

そのまま数歩歩いて、後藤は振り返った。男たちは陽気に話しながら、軽い足取りで遠ざかっていく。

先ほどから、ずっとこんなことを繰り返している。ただ歩いているだけで喧嘩を売れることなどそうないのだということに、後藤は薄々気づき始めていた。

もう、帰ろうか。後藤はため息をつく。

明日も仕事がある。明日は夕勤で午後からの出勤だが、それにしたってそろそろ帰って眠った方が良い。寝不足で、また事故など起こしては大変だ。

後藤はもうひとつため息をついて、しかし、実際のところ、それほど大きな落胆を感じているわけでもなかった。危険なエリアをひとり夜歩く。それだけで、彼の中の冒険心はそれなりに満たされてしまっていた。夜の闇。湿った空気。この程度のスリルで満足できてしまうというのが、まさに歳をとったということだろうか、と、どこか達観した気分にもなる。

どのルートを通って駅まで出ようか。そう考え始めたとき。気の緩んだ後藤の耳が、人の叫び声を拾った。

「事件です。人が殴られてました」

事件ですか、事故ですか、と尋ねた電話の向こうの相手に、後藤は食い気味で答えた。携帯を持つ手が震える。一一〇番通報など、生まれて初めてだった。

「わかりません、暗くてあんまり見えませんでした。男でした、男。殴ってる方も男で、三人くらいいました。もっといたかも。えっと、わかりません、よく知らない通りだったんで。今掛けてるこれのGPSで、五分くらい前にいた辺りです。たしか三分くらい立ち止まってた、わかります？　ええ、お願いします。自分ですか？　いや、自分、全然関係ないんで、名前とかはちょっと……。ええ、それは大丈夫です。ええ、お願いします」

電話を切った後藤は、深く、長く、息を吐き出した。よく見知ったコンビニエンスストアの看板に左手を置き、身体を支える。明かりの残る大通りに面した店まで逃げてきて、後藤はようやく警察に通報をする程度の余裕を取り戻すことができた。深呼吸を繰り返しながら、頭が勝手に先ほどの光景を反芻するのを、呆然《ぼうぜん》と眺める。

裏路地の、奥の奥。薄暗くて、はっきりとはわからなかった。ただ、叫び声の聞こえる方へと足を進めたどり着いた先に、闇に蠢《うごめ》く複数人のシルエットを見つけた。怒鳴り声に、打音。地面に倒れた影が、いかにも哀れっぽい声で、何事かうめくのが聞こえた。さざ波のように広がる、低い嘲笑。影が動いて、また打音が響く。

後藤は何もできなかった。建物の陰から首だけを突き出し、その姿勢で数分間、凍り付いたままその光景を見ていた。胸倉をつかんでほしいなどとは、もう思えなかった。胸倉をつかまれたら、きっと自分は死ぬだろう。恐怖で。

思い出すだけで恐ろしくなって、後藤はコンビニエンスストアの看板の傍らに膝をつき、その滑らかな側面に頰を寄せた。見慣れた色合いのネオンが、今はとても心強い。道行く人は、変な酔い方をする奴がいるな、と温《ぬる》い眼差しを向けながら、苦笑交じりに過ぎ去っていく。

恐怖と、そこから逃げ出した屈辱、無事に逃げられた安堵との中で、後藤は考えた。複数人でひとりを殴る、明らかな「悪」の現場を目撃しても、自分は何もできなかった。

強くない。足りないのだ、と思った。

握力百二十では、自分は、強くない。

いきなり二百にするのは無理がある、と、義肢装具士の男は言った。

「まず百五十まで上げて、それでも足りないとお考えなら十ずつ上げていきましょう。そんなレベルへのいきなりの強化は身体への負担が大きいですし、事故のリスクが高まります」

後藤は了承した。男の言うことは理解できた。完全に納得した上での了承だった。しかし、胸の内にこみ上げる感情は理論で処理できるものではなかった。力が欲しい、という焦りは、飢餓感のように切実に、後藤を追い立てていた。

「それに一度、立ち止まって考えてみることも大切ですよ。本当にそんな力が必要なのかどうか」

「……はあ」

「必要ですか?」

「ええ、はい」

「うーん。あのね」男は困ったように笑顔を作った。「あまり知られてない話なんですが、義肢の強化は美容整形に似てるんじゃないかって、最近、一部で言われてるんですよ。手術にハマる人が多いっていう点でね。美しくなりたい、と整形手術を繰り返して、中毒みたいになっちゃうって話、聞いたことありません？　十分に美しくなっても納得できず、他人から見れば必要のない手術を繰り返す。整形のし過ぎで傍目《はため》には不自然な顔になっちゃっても、本人は気づかない、みたいな。それがね、義肢強化にも似たようなところがあるんじゃないかって。どうでしょう」

「……それは」

「いや、わかりますよ。ご自分では、きちんと考えた上で決断されてこちらに見えているのでしょうし、そんな話と一緒にされたくないってのはね。私だって、後藤さんがそんな、中毒みたいな状況に陥っているとは思いません。ただ、そこであえてもう一歩、立ち止まってみるようお勧めするのも、我々の役目というか」

「ええ……そうですね。ありがとうございます。考えてみますよ、その、十ずつ上げていく、前に。でも、今日、百五十にするのは、お願いします」

義肢装具士の男は口を薄く開き、一拍置いて、わかりました、と頷いた。

後藤は目の前の男に対し、軽い失望を覚えていた。

男の言うことはすべて理解できた。美容整形の例を出されたとき、美醜なんぞという空虚な価値観に囚《とら》われた人々と一緒にされたくない、と思う一方で、心の片隅で確かに恥辱を感じたのは、思い当たる節があったからだ。自分は冷静な判断力を欠いているのかもしれない。握力をどんなに上げたところで、望む強さが手に入るとは、信じていない。しかし、それでも何かせずにはいられないこの焦燥を、「力」の価値を知るこの男なら、理解してくれると思ったのに。

「それでは、処置に入りましょうか」

立ち上がった男の目には、最初の診察で後藤に見せた、人を救えるという喜びの光はなかった。後藤は右手を握りしめ、重い腰を上げた。


帰路につくころには、日は最後の力を振り絞るように、空をオレンジに染めていた。西のビルの隙間を、細い細い太陽がゆっくりとスライドするように落ちていく。駅までの道を歩きながら、後藤は何度かその光を振り返った。人目がなかったら、立ち止まってじっくり眺めたいと思った。普段気にも留めぬ夕日を求めるくらいには、感傷的な気分になっていた。それでいて、呑気《のんき》にそんなものを見ていたいと思えるくらいには、落ち着きを取り戻している。「力」を手に入れたからだ、と、後藤は思った。握力百五十キロ。成人男性の平均の、約三倍だ。

後藤はつい先ほど、処置を終えるまで感じていた焦燥を客観的に振り返って、小さく冷笑を漏らした。自分は弱い、ということに、焦りを感じていた自分。おかしな話だ。自分は三十三年間、ずっと弱かったというのに、今更急にそんな焦りを覚えるなんて。

その滑稽さを努めて笑い飛ばしつつ、後藤は交互に踏み出す自分の足を見つめ歩いた。石畳に歪《ゆが》みながら長く伸びる影。振り返れば、空一面に染み渡るような、温かなオレンジ。

やっぱり俺は、少しおかしくなっていたかもしれないと、後藤は認め始めた。力なんて、なんに使うんだ。いらないだろう。

もうここで終わりにしようと後藤は決めた。握力百五十で、それで結構じゃないか。それだって特に使い道はないのだ。飲み会でリンゴを潰して生アップルサワーを作るくらいの一発芸はできたかもしれない。それで十分だ。

心地良い解放感が胸に満ちた。知らず強張《こわば》っていた肩の力が抜ける。リハビリで酷使した右肩が痛んだ。筋肉痛だ。

大きく肩を回しながら息を吐き、もう一度温かな夕焼けをと振り返ったそのとき、後藤の目に、日を遮るビルに架かった電光掲示板が映った。それは、人生でときどき起こる、ささやかな偶然の一種だった。なんとなく思い浮かべていた古い友人から、ちょうど電話がかかってくるような、ちょっとした偶然。まさに今後藤が考えていたトピックが、夕方のニュースとして、街頭ディスプレイを流れていく。夕焼けを逆光にしたほの暗い画面には、こうあった。

強化義肢規制強化法案。

調べれば調べるほど、後藤の憤りは強くなった。強化義肢規制強化。回文の失敗作のようなその言葉を、後藤はすぐさま携帯端末で検索した。街頭のディスプレイはその単語を吐き出しただけで満足してしまったようで、詳細については一切語らないまま、次の話題へと移っていった。

数人とぶつかりながら駅まで歩き、電車に乗り、携帯から目を離すのももどかしく家の鍵を開けるころには、後藤は強化義肢規制強化法案のささやかな専門家になっていた。その内容はタイトルからある程度察することができる通りシンプルで、近年利用者が増え続ける強化義肢の規制をより厳密に、タイトにしようという試みらしかった。背景には、強化義肢による事件、事故、そしてそのどちらにも分類され得るトラブルの増加がある。強化された義足で時速四十キロで歩道を走っていた中学生が、散歩中のおばあさんを撥《は》ねた事故が、最も大きなきっかけになったようだ。

現在、強化する能力値に上限が設けられていないことと、届け出制度がほとんどザルであるという実情が、このような事態を招いていると専門家は考えている。件《くだん》の中学生も、「通学に便利なので」という理由で届けを出し、問題なく受理されていた。

今後、義肢の能力は、原則として人体の「平均値」に設定する。それを超える強化は国に子細な届けを出し、然《しか》るべき調査の後、必要と判断された者だけが許可される。その値も、あくまで「人体」としての能力を逸脱しない範囲に限る。これに罰則の強化を加えた案を年内にはまとめ、数年の内には施行させたいと、後藤は顔も見たことのない政治家が、後藤の端末の中で熱弁を振るっていた。

後藤は敷きっぱなしの布団に腰を下ろし、すぐにまた立ち上がった。七畳の狭い部屋を歩き回りながら、右手を握る。

なぜ、どうしてそんな邪魔をするのか。人がどんな力を手にしようと勝手じゃないか。人体としての能力の範囲、だって？　それじゃあ駄目なんだ。俺が欲しいのは、ロボット・アームなんだよ。

握りしめた右手が、ミシッと軋《きし》んだ音を立てた。ブラックシリコンと繊維強化プラスチックが、百五十キロの重圧に悲鳴を上げる。生身の左手の中には、ニュース映像を流し続ける携帯端末。どんなに力を込めてみても、そちらはびくともしない。後藤は、薄暗い部屋でぼんやりと光を放つその画面を力いっぱい殴りつけたが、液晶には傷ひとつつかなかった。何も考えず、端末を右手に持ち替え力を込める。バキバキ、と音を立て、携帯はいとも簡単に砕け落ちた。電極からフィードバックされた、痛痒い触覚が後藤を煽った。苛立ちと焦燥が全身を駆け巡り、後藤は弾《はじ》かれるようにして、玄関を飛び出した。

本当はわかっていた。握力を強化しただけでは、強くなれない。

それならば、どうすればいいのか。

わかっていながら目を逸らしていたのは、ただ恐怖のためだった。痛みや、それを行う自分の熱が、後藤は恐ろしかった。

でも、もう、それほど時間がないらしい。新しい法が施行される前に、やらなければならない。差し出さなければならない。ロボット・アームが欲しいなら、自分の腕を。

後藤は夜の街を駆けた。駆けながら、忙《せわ》しなく首を左右に振った。「手段」を探していた。

できるだけ鋭く、的確に破壊してくれるものがいい。後藤の右手を飲み込んだ職場のマシンは、事故後安全対策が施され、切断と圧縮と粉砕が同時に行われる「口」に手を差し入れることは不可能になった。しかし、それくらいの圧倒的な破壊でなくてはならない。中途半端な怪我《けが》では治ってしまう。治らない大怪我でなければ。

大きな角を曲がったとき、正面のビルの間を、電車の窓からの眩《まばゆ》い光が横切った。電車。丁度いい、と、思った。線路の上に差し出せば、望んだ箇所だけを、的確にやってくれるに違いない。後藤は一番近い踏切の場所を調べようとして、先ほど携帯端末を握りつぶしたことを思い出した。できることなら、踏切でやりたかった。電車を使おうとひらめいた時点で、踏切を渡る途中で貧血を起こし倒れてしまったというストーリーを既に描いていたからだ。ネットカフェにでも入って調べようか、それとも電車に乗って目で探そうか。

　悩んでいたところで、先日走行が開始されたばかりの路面電車の存在を思い出した。欧州にならって導入されたトラム・トレインだ。街中を走るので速度はそう速くないが、歩道との境には一般車道と同程度の段差が設けられているくらいで、横断歩道には踏切もなく、信号機があるだけだ。走行開始に際し、路線沿いではちょっとしたブームが起きており、後藤もその一番大きな交差点の場所を覚えていた。そうだ、そこにしよう、と思った。小洒落《こじやれ》た店の集まる賑《にぎ》やかな一帯、ちょうど大抵の会社が定時を迎える今の時間なら、人通りも多いだろう。

　見せつけてやりたい、と、唐突に思った。友人や恋人、同僚との食事や買い物に華やぐ人々に、ひとりの男が腕を失う残酷な場面を見せたい。見せつけたい。それはどこか復讐《ふくしゆう》心にも似た、暗く凶暴な気持ちだった。脈絡がないようでいて、それは力が欲しいという願望と深く地続きの感情で、後藤は違和感なくその欲求を受け入れた。

　いつもの駅から電車に乗り、乗り継ぎの駅を目指す。車内は九割程度に混んでいた。後藤は今から自分が起こす行動を隅々まで繰り返し思い描き、それでも果たしてそれが本当に現実になるのか、確信が持てないでいた。規制強化のニュースを知ってから、何もかもが現実味に欠けているように思われた。乗り継いだ電車はさらに混雑の度合いが増して、目的の交差点の最寄り駅で降りる頃には、後藤の脇の下は汗でぐっしょり濡《ぬ》れていた。歩くうち、それがだんだん風によって冷えていく。その感覚は唯一後藤に今このときの現実感を与えるものだったが、交差点にたどり着いたとき、それも頭から吹き飛んだ。

信号待ちの歩道からも、路面電車のための溝が並行して走っているのがはっきり見て取れた。ちょうど東の方向から一台のトラムが通り抜けて行くところで、後藤はその走行のあまりの遅さに狼狽《うろた》えた。後藤の目の前を、乗客の表情がわかるほどにゆっくりと、車両は通過して行く。想像の中とは少し違った。恐怖は一瞬で過ぎ去るものだと思っていた。

まだ引き返すことはできると、後藤は理解していた。だからこそ余計に、引き返すわけにはいかなかった。脳裏には、後輩の西島、先輩の大野、ライン長の顔が次々浮かんだ。それは今、三十三歳の後藤が一番馬鹿にされたくない相手で、その世界の狭さに彼は気が付かなかった。自分を駆り立てているものの正体を、省みることもできなかった。演技の必要などなく、後藤は貧血を起こしかけていた。東から、再びトラムがやってくる。あれでやろう、と決めた。勢いを失ったら、絶対にできないと理解していた。

ぎりぎりまで待つ必要があった。安全装置が作動しても間に合わないくらいに、ぎりぎりまで。トラムの走行音はとても静かなものだった。人のざわめきの方が大きい。後藤のすぐ後ろで、若い女のグループが芝居じみた笑い声を上げた。後藤は大きく息を吸った。頭の中で数を数えた。いち、に、さん。

そしてその瞬間、後藤はふらふらと前に歩み出て、仰向《あおむ》けに倒れた。右肘の、ほんの少し上の辺りを、溝の上に差し出して。

のっそりとぎこちなく倒れた男に、周囲の人々は首を傾《かし》げた。中途半端な投身に、人々の理解は追いつかなかった。誰も、何も言わなかった。後藤だけが少し驚いていた。まさか自分に、本当にこれができるとは。

後藤は最後に右手を見た。器械の手。器械の腕を得るために、一時お別れだ。

目を閉じて、歯を食いしばった。

街の灯りを受けたトラムの影が、後藤の上に落ちた。

☆

来月でちょうど十歳の誕生日を迎える横山翔《よこやましよう》少年は、その日母親と買い物に出かけていた。

家から出たときは母と手をつないでいたが、人通りの増える大きな通りにさしかかったとき、半ば振りほどくようにしてその手を離した。軽い足取りで、二、三歩駆ける。振り返ると、母が困ったような、呆《あき》れたような笑みを浮かべて、あんまり離れないのよ、と声を上げた。愛情のにじみ出る母の眼差しに、横山少年はくすぐったいような恥ずかしいような気持ちで、黙って前を向いた。俺はもう十歳になるのだから、あまり子ども扱いしないでほしい、というのが、横山少年の言い分だった。特に、人目の多い場所では。

少年はそうやって時折振り返りながら、母親からおよそ五メートルの距離を保ち歩いた。結果として、それが彼の命を助ける一因となった。

蛇行して歩道に乗り上げたトラックは、横山少年の五メートル後ろ、少年の母親目がけてまっすぐに突っ込んできた。交通事故。それは、三百年前から繰り返されてきた、残酷な、そしてありふれた悲劇だった。廃車寸前のトラックは三十年以上前に販売された、自動ブレーキすら搭載されていない代物。時代を超えて突然現れたようなトラックに、少年は呆然と目を見開くだけで、身動きがとれなかった。それは道行く周囲の人々も、まさに迫りくるトラックを正面から見つめる横山少年の母も同じだった。

そうして横山夫人の人生はお終いとなり、横山少年の人生は強引に歪められることとなる、はずだった。

そのとき、運命を押しとどめるように伸ばされた手——黒い手が、少年の眼前を猛スピードで横切った。

轟音《ごうおん》に、振動。少年にはそれしかわからなかった。ただ、影が過ぎ去り、ひとつ瞬き《まばた》を終えたときには、すべてが様変わりしていた。

横転したトラックのタイヤがこちらを向き、高速で空回りを続けている。そのトラックの鼻先は、路面店のショウウィンドウに背中を付け地面に座り込んだ、横山夫人の青ざめた顔から、十数センチと離れていなかった。

そして、トラックの上。真上を向いた助手席側のドアの傍らに立った男が、乱暴にその窓枠をつかんだ。半袖のシャツから伸びる右腕は、肘の上部から先が、黒く歪《いびつ》な形をしていた。男が軽くその腕を引くと、助手席のドアは接続部から一気に剝がれた。男は上体を屈《かが》め、運転席の中へ、ドアを投げ捨てた右腕を突っ込んだ。

横山少年は気が付いた。男の左手。車のふちにかけ身体を支えているその手も、黒色をしている。手だけじゃない。元々そういうデザインなのか、今の衝撃でそうなったのかはわからないが、派手なクラッシュジーンズの裂け目から覗く足——両足も、人の皮膚にはありえないメタリックな黒い色をしていた。あの男の手足は人間のものじゃないと、素晴らしい視力を持つ横山少年は気が付いた。あの男は、人間じゃない。

そこで、横山少年の硬直が解けた。少年が目だけは男から離さぬまま母に駆け寄るのと、男が車の中から、運転手の初老の男を片手で引きずり出すのとがほぼ同時だった。男に襟首をつかまれた運転手はぐったりと脱力しているが、目立った怪我はないようだった。集まり始めていた野次馬がわっと沸く。男は運転手を地面にそっと下ろすと、軽やかに車から飛び降り、少年の傍らに着地した。少年は、男の膝から、ウィン、とかすかな稼働音を聞いた気がした。

「すげえ!」少年は叫んだ。「すげえ! おじさん、すげえ! なにその手足! ロボットなの? 車を倒した! おじさん、サイボーグなの?」

少年の喝采に、男は不思議な表情を見せた。苦痛に耐えるかのように眉を寄せ、しかし口元には、引きつった大きな笑みを浮かべている。その唇が、かすかに震えていた。寒さに耐えるかのように。

横山少年は首を傾げた。この人は、ロボットじゃないのだろうか。

「あの、ありがとうございます」

弱々しい声がした。少年が目を向けると、地面に座り込んだままの母親が、蒼白《そうはく》の表情で男を見上げていた。

「ありがとうございます」

横山夫人は、震える喉で繰り返した。母が男に向ける切実な感謝に、少年の確信は裏付けられた。この人はヒーローだ。ロボットであろうと、人間であろうと。

「おじさん! ありがとう!」

少年は溢れる感動から、男の右手をつかんだ。男は驚いたように、少年と、自分の右手を見下ろした。そして、その見開いた両目から、唐突に涙を流した。

「おじさん？　どうしたの？」

少年は戸惑い、問いかけた。男は嗚咽《おえつ》を漏らし、顔を歪めて泣き出した。男の黒い左手が、口元を覆う。その左手の袖口から覗く手首のパーツが半透明で、中の部品がチカチカと規則的に点滅しているのが見えた。それはちょっとダセえな、と横山少年は思ったが、そこは黙っていた。

「おじさん、大丈夫？」

「……ああ」

嗚咽の合間を縫って、男は答えた。男の声が予想していたよりも遥《はる》かに高かったので、少年は少し驚いた。がっしりとした体格には似合わない、高く平凡な声だった。

「ああ……大丈夫……俺は、嬉しいんだ……。よかった……本当に……ありがとう……。よかった……意味が……本当に、ありがとう……」

男は少年の手をほどき、両手に顔をうずめて泣き出した。もう、その言葉をまともに聞き取ることはできなかった。

男が泣いている理由を、少年が正確に理解することは難しかった。人は誇らしさから涙することもあるのだと、少年はまだ知らなかった。

男の涙の裏には、長い年月があった。苦痛に次ぐ苦痛の日々。

しかし、男が何よりも誇らしいと感じたのは、苦痛と引き換えに手に入れた、素晴らしい手足ではなかった。何より誇らしいのは、あの瞬間、トラックが小さな子供の後ろを歩く母親に向かっていった、あの決定的な瞬間に、湧き上がる恐怖を振り切り、迷いなくそこに向かっていくことができた、自分。

自分が誇らしい。自分の勇気が。

俺が本当に欲しかった強さとは勇気だったのかもしれないと、後藤は思った。

☆

少年は目を閉じて、五年前のあの日を思い出していた。大好きな母親がもう少しで命を失っていたかもしれないトラックの事故。あれは印象的な出来事だったけれど、月日の経過とともに記憶の底に沈みこみ、そのうち思い出すこともなくなった。忘れていた。つい数か月前までは。

少年はあと数週間で十五歳になる。しかし、見知らぬ人がそれを見抜くのは難しいだろう。少年は、身長百五十五センチ。クラスで一番低く、体格も華奢《きやしや》だった。街を歩けば、小学生に間違われる。しかしそれは、ただ単に人より若干成長期が遅いというだけのこと。そんなに気にする必要はないと、周囲の大人たちは口を揃えた。しかし、周囲の子供たちは違った。

少年の右肩に、衝撃が走った。少年ははっと目を開き、身体を強張らせた。

背広を着たサラリーマンが、足早に交差点を渡っていく。信号が青になり、歩道にとどまっていた人々が一斉に歩き出していた。少年は人の流れを、ぼんやりと見つめていた。

また、できなかった。

次の電車が来るまで三分弱。少年は、次こそはと心を決めた。もう一日だって耐えるつもりはなかった。いじめは日々エスカレートする。学校生活は気が遠くなるほど長い。

夕暮れに落ちるビルの影を眺めながら、少年は再び五年前のあの日に思いを馳《は》せた。

空を割くように駆け抜けた影。一撃でトラックを薙《な》ぎ倒した腕。簡単に扉を破って、やすやすと人を持ち上げた手。黒い手足。ロボット・アーム。

あれが欲しいと、少年は思った。自分の手足を差し出してでも、力が欲しい。

夏の眠り

大学が夏休みに入ったので暇だった。

時間がたっぷりあればやってみたいと考えていたことはいくつかあった。長期の旅行に出てみるとか、がっつりアルバイトに入ってお金を貯《た》めるとか、映画を百本観《み》る、とか。けれど、休みに入って数日をだらだらと過ごすうちに、そういう気力や体力がたくさん必要なプランを実行に移すには面倒くささが勝っていって、結局僕は、明晰夢《めいせきむ》に挑戦してみることにした。

明晰夢とは、完全に自分の意思で、その内容を制御、コントロールすることのできる夢だ。空を自由に飛べたり、好きなアイドルと付き合えたり、指先ひとつで街を破壊できたり。その夢の中では、すべてを自分の思うまま、望むままにできる。そしてその夢は、通常の眠りの中で見る夢とは比べ物にならないくらい、現実的な感覚を伴うという。頬で風を感じ、指先で温《ぬく》もりを感じ、ものを食べれば美味しい。それは決してオカルトの類ではなく、ただ単に、半覚醒状態の頭の中では、脳がそんな謎の作動もしてしまうという話。かなしばりの親戚みたいな感じだと思う。たぶん。

僕は、何度かその、明晰夢を見たことがある。目覚めの直前や、二度寝の浅いまどろみの中では、自然と明晰夢を見ていた、なんて幸運もわりかし起こり得るという。はっきりと覚えている明晰夢のひとつでは、僕は当時好きだったファンタジーゲームの世界の勇者となり、お姫様と、女騎士と、セクシーな魔女と、当時人気絶頂だった女子高生アイドルユニットの全員と、大変いやらしいことをして過ごした。あれはたしか、僕が中学生くらいのとき。

最近、訓練次第で明晰夢を見たいときに見ることができるようになると知った。訓練次第で、その精度や感じる五感のリアリティも格段に増すらしい。

教えてくれたのは、アルバイト先の先輩だ。八個年上のその先輩は、もじゃもじゃの髪に浅黒い肌、浮世離れしているのか浮世に堕《お》ち切っているのか微妙なラインの風貌で、役に立つのか立たないのか微妙なラインの謎知識に大変詳しい。このたびの明晰夢の見方、は、先輩のもたらしてくれた知恵のなかでもずば抜けて素晴らしいものだと思う。

しかし、それ最高じゃないですか、すぐに訓練を始めます、と言った僕に、先輩はひとつの警告を与えた。なんでも一説によると、明晰夢には危険と言っていいくらいのデメリットが潜んでいるという。曰《いわ》く、絶えず幻覚を見るようになるとか、夢と現実の区別がつかなくなり正気を失うとか、夢の中でうっかり死んだりすると現実でも死んでしまうとか、寝不足になるとか。

寝不足。正気を失ったり死んだりすることは飛びぬけて恐ろしいが、ちょっと恐ろしさがオカルトじみているなかで、寝不足になるというのはとても現実的に困る気がして僕は迷った。なんでも、明晰夢を見ているときの脳は半分目覚めた状態にあるわけで、その間は本来の睡眠と比べ、十分な休息が得られていないらしい。なるほど、ということで、僕は永遠の時間が与えられたかのようなこの夏休み、寝不足になろうが幻覚を見ようが大した問題にはならなそうなこの夏休みに、明晰夢に挑戦してみよう、と決めた。


先輩に教わった明晰夢を見るための訓練は、大きく分けて二段階ある。まずは、見た夢を記憶する訓練。次に、夢の中でこれは夢だと気付く訓練。この順番は大切で、一段階目をクリアすることでようやく、二段階目到達への下準備ができるという。夢を記憶することと夢と気が付くことのつながりが僕にはいまいち理解できないが、先輩がそう言うのだからそうなのだろう。僕は先輩をわりと信頼しているのだ。

夢を記憶するために効果的なのは、毎日夢を見るたびに、その内容を日記につけることだという。通常、夢のほとんどは起床とほぼ同時、遅くとも数分後には忘れてしまう。目が覚めたらすぐ、メモ程度でもいいのでその内容を書き残しておくことで、記憶の引き出しとなり、後々になってもなんとなくそのビジョンを思い起こせるようになる、とのこと。

——あ、でも気を付けろよ。夢日記だけでも正気を失い得るからな。

先輩は恐ろしいことを言った。気を付けよう。気を付けつつ、僕は夢日記を開始した。

『パンダがいっぱい。みんな仲良し』

『大学でテスト。よくできたのに火事で燃えた』

『イタリアで千田《ちだ》とケンカ。すごく腹が立った。大きなピザを食べた』

『高校の教室。僕と沙奈《さな》しかいない。一緒に帰って、庭で遊んだ。なにもなかったみたいに楽しかった』

日記帳代わりのメモアプリの入った携帯を持って、僕は家で唯一エアコンのある、一階のリビングのソファに寝転んだ。僕の夏休みの、昼間の基本スタイルだ。

両親は共に働きに出ていて、二つ年上の姉は、卒論やら就活やらで飛び回っていて忙しい。蟬《せみ》の声のうるさくなる昼前に起きて来て、籐製《とうせい》のブラインドから差し込む強い日差しを避けながら、麦茶を片手に携帯を眺める。完璧に自由で満たされた環境のもと、見たい夢を見るなんて不毛なことに時間を浪費するのは背徳的で罪悪感すら覚える。それにしても、と僕は思う。何度見返してみても、寝起きの自分の残したメモの雑さに呆れてしまう。もうちょっと日記として、なんとかならなかったのか。

しかし驚いたことに、こんな数語の単語からなる短いメモでも、僕の脳裏にはきちんと呼び起こされる記憶があった。パンダがいっぱい、みんな仲良しだった映像。なんとなくイタリアっぽい景観の中で、千田と口論した映像。それから、沙奈。

日を追うごとに、メモの内容は少しずつではあるもののより子細なものになってきている。メモの内容が増えるほど、蘇《よみがえ》る記憶も多くなる。

初めてにしては、順調なのではないかな、と思った。もともと僕は眠りが浅い人間ではあったのだ。見る夢に事欠いたことはない。順調だ。今のところ、正気を失う兆候もない。

僕は早速調子に乗った。信頼する先輩の教えに背き、夢日記と並行して、第二段階に進むことにした。

その日は夕方からアルバイトが入っていた。僕は、個人経営のこぢんまりとしたイタリア料理店で、ホールの仕事を任されている。普段授業があるときに組んだシフトのままの、日曜、月曜、木曜のディナータイムが、僕が夏休み中に唯一社会とのつながりをもつ時間だった。

家を出る直前に、玄関先で姉に出くわした。姉は明るい色のワンピースを着て、長い髪を高い位置でまとめながら、弾むようにヒールを脱いだ。僕は、夕刻を過ぎてもまだ冷めない熱気に重い身体を引きずって、サンダルを引っ掛けるところだった。姉と僕とでは、生きる世界の気圧が違う。

「あんたってほんと出かけないよね」

今まさに出かけようとしている僕にそんな言葉を投げつけて、姉はリビングへと消えた。玄関を開けると、熱せられた空気が容赦なく僕を包んだ。

重いペダルをこいで、自転車で十五分ほどの店へと向かった。裏口から店内に入ると、ニンニクと油の匂いが鼻をつく。それでようやく、少しだけ身体に力が入った。厨房《ちゅうぼう》に顔を出すと、件の先輩が複数のフライパンを前にてきぱきと具材を炒《いた》めていた。鷹《たか》の爪の赤が目にちらつく。

客の入りはそこそこで、僕はオーダーを受けたり、ドリンクを作ったり、料理を運んだりしながら、それなりに真面目に働いた。小さな店なので、平日のホールは僕一人、たまに厨房からオーナーがヘルプに出てくるくらいで、余裕をもって回すことができる。南イタリアの民家をイメージした白い石壁に、料理のおいしく見えるオレンジの照明。

夕食時の店内の適度なざわめきが、僕は好きだった。忙しく手足を動かすのも嫌いじゃない。

閉店の二十分前に、最後のお客さんが帰っていった。洗い物を手伝いに厨房に入る。先輩とゆっくり話ができるこのときを、僕は待っていた。

「お疲れさまです」

隣に立った僕に、先輩はニヤリと不気味な笑みを返した。いつもの先輩の挨拶だ。もじゃもじゃの髪に隠れて、目元は見えない。先輩は清潔なのになんだか不潔に見えるという外見上の難のせいで、営業時間中はフロアに出ることを禁じられている。僕は下げたグラスの山を食器洗い機にセットしながら、切り出した。

「先輩、俺、明晰夢始めちゃいました」

「あーあ、マジか。危ないって忠告したのになあ。始めちゃったか。まあ、お前はエロ欲に負けると思ってたよ」

先輩は嬉しそうに笑う。別にエロ目的じゃないです、と訂正したのだけれど、先輩は「知らねえぞ、どうなっても知らねえぞ」と笑いながら皿を洗うだけで、まるで聞いていない。

「それで、もう今日から第二段階に入ろうと思ってるんです」

「え？　第二段階ってなに？」

「え？　明晰夢の第二段階ですよ。夢の中で、それが夢だと認識することって、先輩が」

「ああ、わかった。そっかそっか、みなまで言うな」

先輩はなかなか油の落ちない鍋をこすっていた手を止め、右手だけを水ですすぐと、濡れたままの手をこちらに突きだした。

「つまり、お前が欲しいのはこれだろ。仕方ない。やるよ」

僕は先輩の右手を見つめた。浅黒く荒れた手の甲に、まばらに毛が生えている。やるよ、と言った。何も持っていない。

「遠慮すんな。俺にはもう必要ない」

「ありがとうございます」

なにかスピリチュアル的なノリかと判断し、僕は先輩の右手に両手を差しだして、とりあえず受け取るふりをした。先輩はそんな僕の手をかわし、頭をはたく。

「ちげえよ。腕だよ。バンド」

濡れた手ではたかれたことに文句を言いかけた僕の前に、先輩はもう一度右手を差しだした。右腕。そこには確かに、オレンジ色のゴムバンドが巻かれている。なにか、洒落たフォントの英字が描かれている。ミュージシャンのライブグッズか何かだろうか。

「第二段階に使うと良い」

第二段階、夢の中で夢だと気付く、には、なにか「行動」を癖付けするといい、と教わった。例えば、「手のひらを指で刺す」という行動を、目が覚めている普段から行っておく。現実では、もちろん指は手のひらに刺さらない。ただ、それが夢ならば、指はやすやすと手を貫通する。少なくとも、起きているときに慣れ親しんだものとはどこか違った感触がする。その違和感で、自分は今夢を見ているのだと気が付くことができるようになる。

「でもさ、気持ちわりいじゃん。自分の身体使ってさあ。手を貫通とか、残酷かよって」

先輩は、なかなかゴムバンドを受け取ろうとしない僕に焦《じ》れたように手を揺する。

「だから、これを四六時中つけて、引っ張るのを癖にしろ。これ、ゴムだけどそんな伸びない素材だから。これがびよーんと長く伸びたら、夢だ」

「はあ」

申し出はありがたかったけれど、特に好みでもなんでもないアクセサリーを四六時中身につける、という苦行には抵抗があった。しかも、たった今まで先輩がつけていたやつ。先輩は尊敬しているけれど、なんか嫌だ。しかし先輩は渋る僕などおかまいなしに、自分の腕からゴムバンドを抜き取ると、それを勝手に僕の左腕につけた。満足そうな顔で、皿洗いに戻る。

「いいか、でもな、ヤバいと思ったらすぐにやめるんだぞ。夢に取り込まれるなよ。エロを深追いして身を亡《ほろ》ぼすな」

「はあ」

僕は腕にはめられたゴムバンドを、仕方なく引っ張る。硬いシリコンゴムの揺るぎない感触。これが現実の感触だ、と、僕は覚えた。

夢日記をつけ、謎のゴムバンドを引っ張り、僕はそれからの数日を過ごした。まだまだ明晰な夢が見られる気配はなかったけれど、日記の内容は当初と比べるとなんとかマシな情報量になってきていた。昼間、ひとりきりの家でソファに寝転び、日記の内容から見た夢を思い起こすのが、僕は楽しみになりつつあった。

ただ、思い出せる夢の量が増えるにつれ、ひとつだけ、気になることがあった。気になること、というか、気が付いたこと。今までは、きっと、知らずに忘れられていたこと。

『暗い洞窟。点々と松明《たいまつ》がある。進むほど細くなるので戻った方がいいと思ったけど、沙奈が大丈夫だと言った。沙奈は昔ここに住んでいたという』

『バイト先に姉が来た。沙奈も来るというので待っていたけれど、レポートの提出期限が明日だったと思い出した。先輩に任せて帰宅。夕食は蟹《かに》だった。沙奈は蟹を剝《む》くのが上手《うま》かった』

会わなくなって久しいのに、僕はしつこいくらい、沙奈の夢を見ていた。夢の中で、僕と沙奈は仲良しだった。

初めて、おや、これは、という瞬間が訪れたのは、第二段階に入って一週間後の夜だった。僕は大学の講堂にいて、第二外国語の授業を受けながら、机の下で、こっそり携帯ゲームで遊んでいた。おかしいな、と思ったのは、僕が選択しているドイツ語の授業は、いつも見晴らしの良い五階の小教室で行われているのに、ここは一階の大講堂で、教壇に立っているのはドイツ人教授のヨハンではなく、なぜか僕の高校時代の英語教師、ボブだったからだ。これは、もしかして。

僕は、手首まで隠れているシャツの左袖をそっとめくった。左手にはめられている、オレンジ色のゴムバンド。軽く力を込め引っ張ると、ねり消しのように柔らかく伸びた。これは、夢だ。そう認識すると同時に、僕の意識は覚醒しかけた。ベッドの上に横たわる自分を認識する。肩の下の、体温に温《ぬる》くなったシーツの感触まで、はっきりと認識する。目が覚めてしまう。

僕は手の中の携帯端末を両手で握りしめ、なんとか意識を夢の中に留《とど》めようと耐えた。両足を踏ん張り、僕は今講堂にいるのだと、自分に強く言い聞かせる。そのとき、頭上で声がした。

「おい、授業中だぞ」

見上げると、いつの間にかボブが僕の傍らに迫り、机の下の携帯を睨みつけていた。

「なめてんのか、おまえ。あ?」

僕はボブが苦手だった。ボブの日本滞在歴は二十年を優に超えていて、流暢《りゅうちょう》な日本語を早口の巻き舌でまくし立てては、鋭い眼光で生徒を威圧する。ボブの授業でこっそりゲームをやるなんて、そんな無謀なことこの僕がするはずない。でも、これは夢だ。夢だから。

「ボブって、英語の発音下手だよね」

自分の言葉に驚き、身じろいだ。すると、そこはもうベッドの中だった。僕は目覚めていた。

それからの数日、同じような半覚醒の夢を、何度か見た。

僕は次第に慣れてきた。慣れてくると、夢の中でこれは夢だと気が付いてもあまり驚くことがなくなり、余裕が生まれた。余裕が生まれると、周りを細かく観察したり、耳を澄ませてみたり、自分の肌に触れるものを意識したりと、五感への刺激をよりリアルに感じるための心がけができるようになった。

「調子はどうだ」

先輩が言った。突然後ろから声をかけられたので、僕は手にしていた赤ワインのボトルをとり落としそうになった。まあまあです、と、上ずった声でなんとか答える。

昼頃から降り出した土砂降りの雨のせいか、僕が店に入ったときには客足はすでに途絶え、店内はがらんとしていた。手持ち無沙汰をまぎらわすため、僕は埃《ほこり》をかぶりつつあったディスプレイのワインボトルを、一本一本乾いた布で拭ってまわっていた。いつの間にか作業に没頭していたらしい。先輩の接近にも気が付かなかった。

「見れてるか？」

僕の左腕のゴムバンドに目を止め、先輩は言う。まあまあです、と、僕は答える。

「まあまあか。それはなかなか良いんじゃねえか」

「うーん、そうですね。一応、あ、これ夢だ、って気付いた状態で、動き回ったりはできるようになりました。ただ、なんていうか、なんでも思い通り、みたいな感じにはならないんですよね。まだまだ夢に翻弄されてるっていうか」

「夢は深層心理を映す」

「え？　はあ」

「すべての明晰夢が思い通りに操れるわけではない。お前のような素人は特にな。だが、お前を翻弄するその夢もお前の深層心理によって作り出されたものだ。だからこそ気を付けろよ。お前が明晰夢の中で恐ろしいことを強く考えれば、夢は現実感を伴ったとんでもなく恐ろしい悪夢となってお前に襲いかかる」

「考えるなって言われると考えちゃうんですけど」

「ああ。誰だってそうだ」

「やめてくださいよ。マジで」

僕は埃にまみれた布を先輩に投げつける。先輩はそれを片手で受け止め、続ける。

「夢はお前の深層を暴く。夢の中で現実のしがらみを失ったお前の望みは、起きているお前には想像もつかないものかもしれない。お前の知りたくもなかったものかもしれない」


あるとき、僕はどこか見慣れた森林公園の、広い芝生の上にいた。頭のほとんど真上の太陽がとても眩《まぶ》しくて、そうだ、夏なのだ、と思った。けれど、遠くの木陰から時折吹く風はひんやり心地よく、鮮やかな黄緑色がちらちらと光を反射させる芝の上はいたって快適だった。大きく息を吸い込むと、熱い土の匂いがした。

僕は、お気に入りの白いシャツに、ちょうどこんなのが欲しいなあ、と思っていた、色落ち加工のゆったりとしたジーンズを穿《は》いていて、足は裸足《はだし》だった。左腕には、オレンジ色のゴムバンド。軽く引くだけで、水あめのように長く伸びる。夢だとわかった。固く張りのある草を踏みながら、平らな草原を、木陰に向かってサクサク歩いた。歩くのはそれなりに楽しかったけれど、途中から、その必要もないのだと気が付いた。僕は空を飛べるのだ。

地面から十センチほどに浮かんで、草の頭をつま先でかすめながら地上をスライドする。僕はぐんぐんスピードを上げた。耳をかすめる風が心地良い。やがて森林の中に突っ込んだけれどスピードは緩めず、背の高い木々をすいすい避けながら飛び続けた。目の端で、ぎりぎりにまで迫るけれど決してぶつからない小枝を捉えながら、今回の夢はなかなかに精度が高い、と嬉しくなった。飛んでいるという感覚。どこか心もとない内臓の浮遊感も、はっきりと感じ取れる。

嬉しさに乗せてさらに身体を加速させていると、突然、大きく視界が開けた。空、それから、海だ。足元の地面が途切れた。僕は海原に飛び立つ。視界いっぱいを、波のきらめきが満たす。ああ、とても……。

「懐かしいね」

左から、声がした。見ると、そこに、沙奈がいた。

「そうだね」僕は、そこに沙奈がいるという事実を、まったく自然に受け入れた。なぜ、とも思わなかった。これが夢だからというわけではなく、沙奈が僕の隣にいるのは、ごく自然、当たり前のことだから。

「あのとき理志《さとし》、私の帽子なくしたでしょう」沙奈はまっすぐ前方を向き、僕に並んで風を切りながら言った。「ふざけて、投げて」

「ごめん」僕は沙奈の横顔を見つめる。額から顎にかけての緩やかなラインを、強い陽光が白く縁取っている。

「あのとき、私より、理志の方が焦ってた」

「うん……そう、すごい焦った。本当に流されるなんて思ってなかったから。手が、届かなくて」

伸ばした指が無力に水をかく感触が蘇る。遠ざかっていく麦わら帽子。

気が付くと、僕と沙奈は、川の浅瀬に向かい合って立っていた。沙奈は上流に、僕は下流に。裸足の足の指の間を、温い水が通り抜ける。思い出さなくても、あの日の川だとわかっていた。水面がきらめく。

「ごめんね」

「もういいよ」沙奈は可笑《おか》しそうに目を細めた。

がたっと、何かの崩れる音がして、僕は静かに目を開いた。壁の向こう、姉の部屋から声がする。――ごめんごめん、ちょっと、今すぐには見つかんない、また……。

遮光カーテンの隙間が明るい。僕は苦労して左手を持ち上げた。オレンジ色のゴムバンドは、力をこめても、硬い、確かな質感を返すだけだ。

目が覚めたことに、ほんの少し安堵している自分がいた。都合がよすぎる。今の夢は、あまりにも。

「ねえ、私明日、沙奈と出かけるんだけど」

夕食のテーブルで、姉が言った。僕はぼんやりとチャーハンを咀嚼していた。卵、米、ごま油、ネギ。味蕾《みらい》がキャッチする味という情報が、どこか現実味を欠いている気がしていた。姉の言葉は、僕を現実、夏休みの、ありふれた夜に引き戻した。沙奈。

「一緒に行く？　カラオケ」

父はまだ仕事から帰らない。母は町内の集まりで不在だった。テーブルにふたりきりで、僕はその言葉に正面から向き合わなくてはならなかった。

「いや、俺はいい」

「なんでよ」

「えー。暑いし」

「カラオケが暑いわけないでしょ」

断っている時点で乗り気じゃないことだけは明白なのだから、理由を問い詰めなくたっていいじゃないか、と思う。「暑い」という誰にも非のない誰も傷つかない理由を提示しているのだから、そこは多少ひっかかりを感じても大人として受け入れてほしい、と思う。

姉の強引さがうらやましい。いや、嘘だ。うらやましくない。そんな人間になりたくはない。僕には、乗り気じゃない相手を無理やり誘うなんて無理だ。相手の気持ちを思いやってというよりも、嫌われるのがこわい。いやだなあ、帰りたいなあ、と思っている相手と一緒にいることが耐えられない。それが僕という人間、そのはずだ。

考えながら黙っていると、姉は僕のチャーハンの皿を自分に引き寄せ、食事を妨害してきた。姉は自分の問いかけに黙っている人間を決して許さない。

「あんたさあ、最近沙奈をさけてない？」

ついに、姉はその核心に触れる。

「え？　そんなことないよ」

僕は答える。とぼけた言葉のイントネーションが自分でもわざとらしくて嫌になる。でも、嘘は言っていない。僕は沙奈をさけていない。

「いや、さけてるって、絶対」

姉は揺るぎない口調で断言した。じゃあなぜ聞いた。

「なんで、ふつうだよ」と答える僕に、姉は「あんたの嘘ってばればれ」、とスプーンでこちらを指す。自分のチャーハンを取り戻そうと手を伸ばす僕に、姉は皿の端をつかんで抵抗する。

姉が世間で嫌われていないか心配になる。僕はいつも強引なこいつが控えめに言って嫌いだし、過激に言うならぶん殴りてえって気持ちだ。でもきっと姉は誰にもぶん殴られないまま、まさか自分が誰かにぶん殴りたいと思われているなんて考えもしないまま大人になり老いて死ぬのだ。ハッピーな人生。ずるい、うらやましい。

僕は拳を握るかわりに指先に力を込め、姉から夕食を取り戻した。

「仲直りしなよ」

姉は図々《ずうずう》しさの手を休めない。僕はチャーハンをかき込みながら、生返事で答える。しつこいよ、と怒ってみることも考えた。けれど、どんな形であれ感情を返すことは、姉の言葉を認めることにつながるように思えた。認めたら、現実になってしまう気がした。僕と沙奈が喧嘩をしているということ。僕たちは喧嘩なんてしていないのに。

「ねえ。だから遊ぼうってば。明日」

明日。いっそ姉の誘いに乗ってしまおうか、とも考えた。三人で遊ぶ。幼なじみの僕らにとって、それはとても自然でありふれた、日常的なことだった。だから、日常とともに、永遠に続いていくと信じた。姉はきっと、まだ信じている。

明日、僕も参加する、と連絡を受けたら、沙奈はどうするだろう。彼女は、来ないかもしれない。来るかもしれない。もし来たとして、いったい何回、沙奈は僕と目を合わせてくれるだろう。僕は耐えられない。僕は、嫌われることがこわい人間だから。嫌われている人間に、もっともっと深く嫌われていくこともこわいのだ。

「行かない。別に、沙奈とはなにもないけど」

「じゃあなんで。なんで行かないの」

席を立ち、自分の部屋に逃げる僕の背中に、姉はまだ食い下がる。僕は、今度は本当のことを答えた。

「眠いから」

カラオケボックスのソファに座り、沙奈はコーヒーフロートを飲んでいた。僕はテーブルを挟んで斜めの席に座り、冷たいビールを飲んでいた。高校からの帰り道にある、僕たち行きつけのカラオケボックスだった。

沙奈はおもむろに立ち上がり、マイクをつかんで、モーツァルトの「きらきら星」をアカペラで歌いだした。沙奈のよく通るのびやかな声。普段話すときの声よりも、少しだけ、大人っぽい。僕はフライドポテトに伸ばしていた手を止め、じっとその声に聞き入った。沙奈の歌声にあわせて、ボックス内の照明の色が変化する。赤、ムラサキ、緑。

やがて、とてもリアルな星空のビジョンが室内に映し出されると、見る間に天井や壁が溶け込み、ソファにテーブル、沙奈が握るマイクだけを残して、僕らは満天の星の下になげ出されていた。

僕は大きく首をそらして、頭の真上の空を見上げる。視界いっぱいを、紺色の空と星くずが埋め尽くす。沙奈の歌だけが、耳に届いている。瞬きの瞬間に、ちらりと流れ星が走った。

「すごく楽しい」

息継ぎのタイミングで歌を止め、沙奈が言った。

スピーカーもないはずなのに、その声はマイクを通し拡張して聞こえた。

僕は頭を下げ、沙奈を見た。口の端に、コーヒーフロートのソフトクリームをつけたまま、沙奈は笑っていた。

「君と一緒にいるのは、すごく楽しい」

それはよかった、と、僕は答えた。

沙奈に、もう君と友達でいるのがつらい、と言われたとき、愚かな僕は、それが愛の告白だと思った。友達よりも、もっと特別な関係になりたいのだと。そうではなかった。沙奈は、僕と友達でいることすらつらい、と言ったのだった。

沙奈は大人しい女の子だった。優しく、物静かで、いつも穏やかな女の子。家が近所で、親同士の仲が良くて、僕たち姉弟《きょうだい》と沙奈は、それこそ三人姉弟のように、幼い頃からずっと一緒に過ごしてきた。その関係は僕らが成長しても変わることはなく、これからも、もっとずっと大人になっても、それぞれが自分の家族を持つようになっても続いていくと、僕は疑っていなかった。

夏休みが始まる少し前、僕は、沙奈を海へ誘った。休みが始まったら、遊びに行こうと。断られるとは、考えてもいなかった。だから、「ごめん、海にはあまり行きたくないの」と首を振る沙奈に、僕は尋ねた。どうして？　と。沙奈は答えた。「私は、あまり外に出るのが好きじゃない」

僕は言った。そんなんじゃ駄目だよ。俺らももう大学生なんだから、もっとこう、ぱーっと、外に出て派手に遊ばなきゃ駄目だよ。

そして沙奈は言った。

「もう君と友達でいるのがつらい。ごめんなさい。本当は、理志のそういうところがずっと嫌いだったの」

自分の価値観を押し付けて他人を否定するところ。自己中心的でデリカシーに欠けるところ。思いやりというものをまったく持っていないところ。ぜんぶ、嫌いだった。一緒にいると、悲しくなることばかり。もう、友達でいるのがつらい、と、言われた。

寝耳に水。青天の霹靂《へきれき》。そうして僕は、幼なじみの女の子を失った。

身体がだるく、重かった。

寝不足なのだろうな、と思った。二度寝をしてみようかとも考えたけれど、太陽が昇るにつれ気温はぐんぐん上がり、エアコンのない僕の部屋では、とても熟睡などできそうになかった。今夜は、明晰夢を休もう、と決めた。明晰夢を見ていると気が付いた瞬間に「ベッドで眠る自分」を強く意識すれば、わりかし簡単に夢から抜けることができると、先輩から助言を受けていた。

昼間はソファで課題を消化した。はかどったとは言い難い。高校時代の友人・千田から連絡があって、明日、数人で海にでも行かないか、との誘いを受けた。僕はすぐにイエスと返した。海は好きだ。そう、ついこの間も海を見たな、と考えて、いや、それは夢の中のできごとだったと思い出す。沙奈と一緒に海を見た。

夕方、姉が帰宅した。僕の顔を見るなり、「あーあ、すっごく楽しかった」と、煽るような口調で言った。僕はナイーブな心を閉ざして、よかったね、とコメントした。

「家でだらだらしてるだけなら、やっぱり来ればよかったのに。あんたが来なくて沙奈も寂しがってたよ」

姉は嘘を吐いた。それがどれくらい僕を傷つける嘘か、姉は気付いていない。

「課題が忙しかったんだよ」

「それはわかるけどさあ。大学の夏休みなんだから、もっと遊んだり、外に出て、思い出作るのも大事でしょう」

似たようなことを、沙奈に言ったな、と思い出す。価値観を押し付ける、一方的な言葉。どうして姉は許されて、僕は許されないのだろう。姉だって、誰かから拒絶されるべきじゃないか。そもそも姉という生き物は自分が姉だというだけで、弟を支配する権利があると思っている節がある。

今日こそ反論してみようか、と身体を起こしたときには、もうリビングにやつの姿はなかった。バタバタとうるさい足音だけが聞こえ、再び顔を見せたときには、先ほどまでとは違うワンピースに着替えていた。

「私これから飲み会だから、お母さんに言っといて。あと、あんたは沙奈にメールでもしなさいよ」

僕の返事を待たず、姉は玄関へと消えた。ばたん、と、音を立てて扉が閉まる。

沙奈。

僕は、沙奈とカラオケに行った。星空の下で、その歌声を聞いた。

思い出になってしまえば、夢と現実にどれほどの違いがあるというのだろう。

翌日は、朝から素晴らしく晴れていた。空は高く、青い。九時に待ち合わせの駅に向かうため、僕はここ数日の生活ではありえないくらいに早起きをした。携帯のアラームと共に目が覚めた瞬間には、もう見ていた夢のことなど忘れてしまっていた。本当に深く眠っていたのかもしれない。朝の空気を久しぶりに吸い込み、そのあまりのすがすがしさに驚かされる。脳がどんどん覚醒していく感じがした。夢の余韻のない朝を、気持ちいい、と感じた。

駅から海へは、千田が車を出してくれることになっていた。他にもう一台、車を出せるやつを呼んでいるという。僕は自転車に乗り、高校の頃よくみんなで集まった駅へと向かった。

強烈な緑色を放つ街路樹のわきを走っていると、当然のように沙奈を思い出した。高校時代、毎朝一緒に走った道。いや、毎朝ではない。高校二年のとき、僕に同じ学校の彼女ができたときには、人目を気にして時間をずらして登校した。それについて僕は傲慢にも、沙奈にちょっと悪いなあ、なんて思ったりしたのだった。あの頃から沙奈が僕にひそかにうんざりしていたのだとしたら、僕があっという間にふられてまた元の通学スタイルに戻ったことこそ、沙奈に悪かった。

駅に近づくにつれ、人通りが増えた。僕にとっては早朝でも、世の人々にとって午前中とは、当然活動に充てるべき時間帯なのだと気付かされる。僕は全身に汗をかいていた。早く海に入りたい。

最初に千田の車を見つけた。年上の彼女と一緒に買ったという、丸いフォルムの可愛らしいワンボックス。その向こうに立つ千田と、数人の元クラスメイト。そして僕は、一団の中に、沙奈の姿を見つけた。

どうしてもっと早く気が付かなかったのだろう。僕が彼女に気付いたときには、もう千田を含む数人が僕の姿をとらえていた。人込みにまぎれ、なにも言わずに引き返すには遅すぎた。

どうして、その可能性に思い至らなかったのだろう。夏の海。勝手に、男だけで向かうものだと思っていた。女子の水着が見られるチャンスを、千田が逃すわけがなかったのだ。沙奈と、笑いあう女の子たちの、カラフルなファッション、むき出しの肩や足が眩しい。目眩《めまい》がするくらいに。

「よー理志。久しぶり」

千田が大きく手を振った。僕は、強張《こわば》る腕をなんとか持ち上げる。

声に反応したように、沙奈が、こちらを見た。高い位置にひとつに結ばれた髪が揺れる。色白の、細い顔。暑さに疲れたような表情の中に、瞳だけが丸く、くっきりと際立って見える。一瞬、視線が合って、離れた。瞬きよりも短く、フラッシュのように目を逸らされた。静電気みたいに。熱いものにでも触れたみたいに。その一瞬の短さに、僕の心はあっさり折れた。

「お前で最後だよ。早く自転車置いてこいって」

「千田、悪いんだけど」

僕は、おなかが痛いので帰ります、と言った。


「俺はなかったことにしたかったんですよ。沙奈に縁を切られたってことだけじゃなくて、沙奈に嫌われてたってこと自体、全部。俺が信じてた通りであってほしかったんです。俺たちは仲のいい幼なじみで、俺が沙奈を好きなのと同じくらい、沙奈も俺を好きだって」

バイト先、客のいない閉店間際のディナータイム。僕は窓際のテーブルに座り、向かいの席の先輩に思いを吐き出す。外は土砂降りの雨だった。

「だから、そんな夢ばっか見てたんだ」

「それで気が済んだか?」

先輩は、いつものどこか浮ついた、つねに浮かれたような態度を隠して、落ち着いた、年相応の大人の声で話した。それが、今の僕にはありがたかった。

「今日、沙奈を見たんです。起きてるときに、現実で。そしたら」

僕は、沙奈の姿をはっきりと思い出す。夏の凶暴な日差しに照らされた、うっすらと汗の滲む白い額。湿気に跳ねる細かなおくれ毛。微細に揺らぐ黒目の輪郭。目が合ったわずかな一瞬で、それらがすべて焼き付いた。

「駄目でした。違うんですよ。違うって、はっきりわかるんです。ああ、これが、生きている沙奈だって。これが、ちゃんと沙奈の命をもってる沙奈なんだって。俺が頭の中で作り出した、都合のいいイメージじゃなくて」

「それはお前の思い込みだよ」

　先輩は、ふう、と煙草の煙を横に吐き出す。雨に濡れた草の匂いがした。

「現実の方が価値があると信じているからそんなふうに感じるだけだ。他人がなにをどんなふうに考えているかなんて外からはわからない。中身のあるなしだって外からはわからない。哲学的ゾンビを見ぬくなんて絶対に不可能なんだから、お前の作り出した夢の中の沙奈にも魂があると勝手に信じればいい。現実の沙奈に魂があると勝手に信じているように。心から信じられなくとも、信じている夢を見ればいい。それで幸福を感じればいいんだ。幸福だと感じるその瞬間の知覚は、真実なんだから」

　灰色の煙が薄暗い店内に霧散していく。フロアの照明は落ちていた。厨房からは、オレンジ色の灯りが細く漏れている。オーナーがまだいるのかな、と思った。あるいは消し忘れ。僕は声を潜める。

「いいえ。それでも俺が会いたいのは、現実の沙奈なんです。俺の知覚とは関係なく、それが、現実の沙奈であってほしい。これはもう、たぶん、頭で考えてもどうしようもないことなんです。俺は、現実の沙奈がいい」

「私じゃだめなの？」

冷たく響いた高い声に、僕は耳を、そして目を疑った。

沙奈がいた。

つい今しがた先輩が座っていた椅子の上、先輩が吸っていた煙草を指の間に挟んで、沙奈が気だるげにテーブルに肘をついていた。先輩の姿はどこにもない。一瞬で、先輩が沙奈に変化した、と、僕は認識した。

そういえば、僕はいつのまに店を訪れ先輩と話していたのだろう。覚えていない。これは夢か。

僕は左手のゴムバンドに手を伸ばし、それを確かめようとした。けれどそのとき、僕の仕草を見た沙奈が、クスリと笑った。嘲《あざけ》るような笑みだった。僕はとっさに手を止めた。

「いいのよ。確かめたら？」

僕の意地を見透かしたように沙奈は言う。その声にも、隠すつもりもないのだろう、明らかな嘲笑が滲んでいる。僕は握りしめた両手をテーブルに載せ、真っすぐ沙奈を見返す。黒目の輪郭が、微細に揺れていた。朝に見たそれと同じだ。暗い店内には、雨音が途絶えない。その音を、目の前の沙奈も、確かに聞いているように見えた。

「ねえ。話を続けてよ」

沙奈は、煙草を持った左手を上げる。赤い光が頬を染める。

「現実の沙奈がいいんでしょう。だから、私は現実の沙奈として現れたよ。私は君のことが嫌い。ずっと前から嫌いだった」

「……それなら、どうしてもっとはやく言ってくれなかったの」

僕は尋ねた。本当は、現実の沙奈に嫌いだと言われたあのときに、聞きたかったことだ。

「だって、面倒くさかったんだもん」

「それでも、言ってくれないとわからないよ」

「別にわかってほしいことなんてない。離れてほしかっただけで」

突き放すような言葉が、胸に刺さる。これが、僕の思い描いている現実の沙奈なのだろうか。

「……どうして、僕が嫌いなんだよ」

「前にも言ったじゃない。自己中で思いやりがない。デリカシーもない」

「それは、姉ちゃんだって同じだろ。姉ちゃんのほうがずっとひどいと思う」

「お姉ちゃんは自己中でデリカシーはないけど、思いやりがあるもの。それだけで、人間ってだいぶ違う」

　思わず、うめき声が漏れる。僕は組んだ手に顔をうずめた。姉には思いやりがある。僕にはない。でも、そうなのか？　どうして外からそれがわかる。

「僕は」それでも、と思った。

「沙奈に戻ってきてほしい。反省してるんだ。悪いところは、絶対に直してみせるから。ちゃんと、外からでもわかるくらい」

「それを私に言ってどうするの。さっき君は、現実の沙奈じゃなきゃやだって言ったばかりだよ。私が夢だってわかってるくせに。どういうつもり」

　沙奈が、唐突にテーブルを拳で叩《たた》いた。その音と衝撃に、僕の心臓は跳ね上がる。沙奈は火のついたままの煙草を、その拳に押しつけ、消した。急な暴力の気配に、どくどくと胸が脈打ち出す。沙奈を見た。きつく吊り上がった眉に、引きつった頬。その顔は、明らかな怒りに染まっていた。憎しみを込めて僕を見る目が、怖い、と思った。

　先輩の言葉を思い出した。僕が恐怖を抱けば、僕の作り出したこの世界は、一瞬で悪夢に変わる。それは、今、思い出してはいけなかった言葉だ。

　視界の端で、なにか動いた。テーブルの上。目を凝らす。なにか、一センチほどの、細くて、黒い物体。

　木目の隙間から這いだした小さな虫が、僕の指先に触れていた。僕は慌てて手を引いた。真っ黒な、節のない虫だった。糸のような体が、テーブルの上をのたうつ。胃の奥から、ぞわぞわとした怖気《おぞけ》が這いあがってきた。嫌いなタイプの虫だった。腐った木や、生き物の肉の中に巣くうような、虫。

いつのまにか、店内はほとんど真っ暗になっていた。闇が、蠢いている気配がする。僕は、この、黒い虫が、そこら中に潜んでいるような感覚に襲われた。顔を上げ、沙奈を見る。沙奈は、光のない暗い目で、テーブルの上をじっと見つめていた。沙奈、と呼びかけようとして、止めた。口を開けば、そこから闇が、滑り込んでくるような気がした。

沙奈は静かに立ち上がった。暗い店内を迷いなく歩き、奥の戸口へと向かう。僕は、黙ってその姿を目で追った。先ほどまでオレンジの灯りが漏れていた厨房への扉は、いつのまにかフロアよりも深い闇が覗いていた。沙奈は沈み込むように、その中へ消えた。やがて、ガチャガチャと、なにか食器や調理器具を乱暴に触る音が聞こえてきた。引き出しや戸棚の開く音。金属同士のぶつかる音。

イメージをしてはいけない、とわかっていた。でも、もちろんそんなことを思いついてしまった時点で、僕の頭にははっきりその映像が浮かんでいる。いつも先輩が大きなエビの頭を叩き割るのに使うプロフェッショナルな包丁を手に、ゆらゆら僕に迫りくる沙奈の姿。

ぞわり、と、肌の表面が波打つ気配がした。それが鳥肌なのか、なにかがそこを這っているのか、わからない。

音が止んだ。影が動いて、遅れて沙奈が姿を現す。その手に、なにか黒いものを握っている。厨房の戸口で闇を背に、沙奈は立ち止まった。

「ばかみたい」

ぱちん、と、軽く乾いた音がした。聞き慣れた、スイッチの音。フロアの照明がぱっと灯《とも》る。沙奈がスイッチを押したのだ。

白を基調とした、南イタリアの民家をモデルにした内装。温かみのある木のテーブルにフローリング。見慣れた、いつもの店だった。ディスプレイされたワインボトルの上に、薄く埃がたまっている。

「思いつきみたいな悪夢なんて見て、自分を罰してるつもりなの？　それとも被害者ぶりたいの？」

沙奈はのんびりとした足取りで戻ってくる。その手に握られていたのは、赤ワインのボトルに、栓抜き。沙奈はもといた座席まで戻ると、まだテーブルの上で孤独にのたうっていた小さな虫を、親指でつぶした。

「あほみたいな現実逃避だね」

「現実って、夢とどう違う？」

僕は尋ねた。

沙奈はいつの間にかコルクの抜けていたボトルを傾け、いつの間にか手にしていたグラスに注ぐ。

「知らないけど、ひとつだけ言うなら、現実には手順が必要」

喉をそらして赤ワインを飲む。テーブルの上には、いつの間にか綺麗《きれい》な形をしたチョコレートが、大きな皿に並んでいた。温かな照明に、気付けば僕の鳥肌も消えていた。悪夢になりきれない店内。現実の僕は沙奈に怯え、逃げ回っているのに、僕の深層心理はまだ、沙奈をハッピーなものと捉えているらしい。

「こわがらないで、電話をかけなよ」

目を開くと、部屋の中は薄青かった。自分の部屋。自分のベッド。夏休みの早朝。鳥の声が聞こえた。

五時くらいだろうか、と思った。枕もとの携帯を探しあてて、表示を確かめる。五時二十分。メールが一件届いていた。千田からだ。腹は大丈夫か？　と、来週花火行こうぜ。

僕はベッドの上で天井を見つめ、時間が過ぎていくのを待った。こんなにも早く目覚めたのに、眠気が再び訪れる気配はなかった。頭はすっきり晴れていた。たぶん、緊張のせいもある。僕は考えていた。何時になったら、電話をかけても失礼じゃないか。それから、最初の一言はまずなんと言おうか。そもそも、沙奈は電話に出てくれるだろうか。

時間が経つにつれ、鳥の声は数も種類も増えていった。少しすると、隣の部屋からアラームの音がかすかに聞こえ、人の動き出す気配がした。姉がこんなに早く起床していることに、いまさらながら驚いた。もう、人が活動をはじめて然るべき時間なのだ。夢を見ている時間じゃない。

僕はベッドの上に上体を起こし、腕を伸ばして窓を開けた。涼しい風が吹きこむ。けれど、見上げた空は既に高くて、今日も暑くなる一日を予感する。

僕は携帯を手に、大きく二度、深呼吸をした。沙奈の番号を呼び出す。発信、を押す前に、もう一度深く息を吸った。沙奈の言葉を思い出す。こわがらないで、電話をかけなよ。あれはもちろん、僕の言葉だった。

発信を選び、携帯を耳に押し当てる。少しのラグの後、発信音、コール音。頭の中で音を数える。いち。に。

そこで、電話を持つ左手に巻かれた、オレンジ色のゴムバンドが目に入った。先輩がくれた、明晰夢、第二段階のためのアイテム。夢と現実を見分けるお守り。僕は何の気なしに、それを引っ張った。オレンジ色のゴムバンドは、ぶち、と、音をたてて切れた。

彼女の中の絵

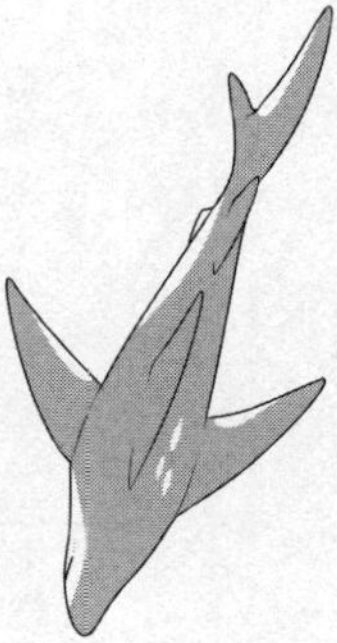

絵を描いているとき、何を考えているか、と尋ねられたことがある。

わたしは答えた。何も考えてはいない。ただ、目の前のカンバス、絵筆の先のたどるべき軌道に神経を集中させ、無心で手を動かしている、と。

質問者は、わたしの答えに満足しているように見えた。ああ、なるほど、無心で。そういうものなんですね、うまい絵描きさんっていうのは。

わたしは、その人の反応に安心した。納得してくれてよかった、と思った。うまく誤魔化せた、という気持ちだったかもしれない。うまい絵描きさんが、絵を描いているとき何を考えているのか、わたしは知らない。わたしはうまい絵描きさんではないからだ。

しかし、絵を描かない人間、絵をただ純粋に鑑賞する側の人間に、そう気取られるのは辛かった。辛い、そして、悲しい。

毎週土曜日、わたしはとある美術館で模写を行っている。オーナーが道楽で経営している、雑居ビルに囲まれたささやかな美術館だ。ごく稀《まれ》に訪れる客は、壁にかけられた

「本物」の絵のついでに、時折わたしのカンバスを覗き込む。隠れ家のような雰囲気がそうさせるのか、いかにも無害そうな、警戒心を抱かれにくいわたしの容貌のせいか、気まぐれに話しかけてくる客も、何の気なしに絵について尋ねてくる客も、稀にいる。

自分の絵を見られるのも、絵を見た人間に話しかけられるのも、どちらかというと苦手なほうだ。本当なら、もっと人の少ない平日に描きたい。区役所勤めのわたしには、叶《かな》わない夢だが。仕事以外で他人と会話をすること自体、わたしはあまり得意ではない。言葉という信号はわたしにとって、気軽に使いこなすには複雑すぎ、かといってすべてを託すには足りない。

しかし、贅沢《ぜいたく》を言ってはいられない。毎週通える距離に模写を許してくれる美術館があるというだけで、わたしはとても恵まれている。画家でも学生でもない、ただの趣味の中年に、こんな幸運はなかなか訪れないものだ。毎週末、美術館で模写ができる。わたしは確かに幸福で、穏やかな日々を過ごしていた。その人が現れるまでは。

彼女を見かけたのは、その日が初めてではなかった。というより、わたしはその人の存在を、既に個人として認識していた。たまに訪れる常連さんのひとりだ。名前は知らないし、話をしたこともない。けれど、彼女の背中まで落ちる長い茶色の髪と、一本の線の上を真っ直ぐにたどるような清廉な歩き方は、強く印象に残っていた。特に目玉の展示や催事があるわけでもない、こんなマイナーな美術館をそう何度も訪れるなんて、美術関係の学生さんだろうか、あるいはよっぽどお気に入りの絵があるのか、などと、ぼんやりと想像していたりもした。

この美術館は、一フロア六十坪程度の三階から成る。わたしは今、三階への階段を上って左手の一番奥に展示されている、一枚の絵の模写を進めている。

ジョルジュ・ド・ラ・トゥールの『大工の聖ヨセフ』。夜の画家とも呼ばれたラ・トゥールの傑作のひとつで、聖ヨセフと、一本の蠟燭《ろうそく》を手にした幼いキリストが描かれた作品だ。もちろん、本物ではない。本物は、フランスはパリのルーヴル美術館で、年に約八百万人以上に向けて、堂々と展示されている。ここにあるのは、六〇年代にささやかな活躍をしたベルギーの画家が描いた模写だという。つまりわたしは今、模写の、模写を行っているわけだ。

絵に向き合うようにカンバスを置きその前に座ると、階段を上ってくる客が目に入る。だからその日、彼女がやってきたことにも、すぐに気が付いた。彼女の様子がいつもと違う、ということにも。

彼女はいつも三階の入り口に姿を現すと、ひとつ小さな息をつき、まずフロアをゆったりと見渡す。三階フロアは展示用の壁に区切られ、漢字の「田」のような形に通路が伸びている。展示上のこだわりか、壁も絨毯《じゅうたん》も黒一色に統一されているため、照明は十分なはずなのに、どこか薄暗い洞窟にでも入り込んだような印象を受ける。明るい雰囲気の一階、二階とは趣の異なるその空気を一度呑《の》み込んだあと、彼女はゆっくりと右手に折れる。そして、背筋のぴんと伸びた美しい姿勢で、一枚一枚、絵に向き合う。

誤解を受けてしまいそうだが、わたしは彼女のそういった所作を、俗な下心から観察していたわけではない。わたしは自分の絵を見られるのは苦手なくせに、「絵を見る人」を見ることが、好きなのだ。だから、このささやかな美術館の三階に希少な来訪者があるたびに、ついそちらに視線を向け、絵を見つめる瞳を盗み見てしまう。

その日、三階フロアの入り口に姿を見せた彼女は、一度も立ち止まることなく通路を右手に進み、きょろきょろと視線をさまよわせた。そして、どの絵の前でも足を止めないまま、奥の角を曲がってあっという間に姿を消した。

おや、と不思議に思った。わたしはしばし絵筆を止め、彼女の消えた角を見つめた。フロアに敷き詰められた絨毯は薄く、足音を完全には吸収しない。耳を澄ますと、忙しなく移動を続ける彼女のヒールの音が、かすかに聞こえてきた。彼女は立ち止まらない。珍しいな、と思った。しかし、まあ、それだけだ。絵の鑑賞の仕方なんて、そのときの気分で変わるという人もいるだろう。わたしはカンバスに向き直り、絵の中に広がる闇と光に、ふたたび意識を集中させた。

「あの、すみません」

はっと振り返ると、そこに彼女が立っていた。

「あの、突然、申し訳ないのですけれど……」

彼女は、わたしの驚いた様子に恐縮したように、素早く頭を下げた。耳の横を、長い髪がゆるやかに滑り落ちる。

「いつもここで、絵を描いてらっしゃいますよね」

鈍い頭を働かせ、彼女の言葉を呑み込む。いつも、ここで。絵を描いている？　誰が。わたしがか。

「ええ、そうですね。毎週、土曜日だけですけれど」

やっとそう答えた自分の声が、自分で慣れている以上にかすれて聞こえ、わたしは少しうろたえた。

「あの、お尋ねしたいことがあるんです。すみません、手を止めさせてしまって。少しだけ、よろしいでしょうか」

「ええ、もちろん。なんでしょう」

わたしは軽く椅子を引き、彼女に向き直った。白っぽい色のブラウスに、膝の隠れる柔らかそうなスカートが目に入った。自分の視線が不躾《ぶしつけ》な気がして、わたしは彼女の瞳にだけ、努めて意識を集中させた。彼女の目は、わたしの絵を見ていた。

「あの、私、とある絵を探しているんです。ただ、タイトルがわからなくて、作者の名前もうろ覚えで。あの、ヤクヤレヴィレ、という画家をご存じないですか？」

「ヤクヤレヴィレ……」

ああ、知っていますよ、と、答えたくて、わたしは必死で記憶を探った。けれど、どれだけ頭を巡らせてみても、そのような名前の画家はひとりとして思い当たらなかった。

「いや、わからないですね」

悔しさを堪《こら》え、答えた。

「ネットで調べてみてはどうでしょう？」

「ええ、検索してみたんですけれど、カタカナでは、駄目でした。綴《つづ》りもわからないので、それ以上は調べられなくて……」

「なるほど」

「あの」

彼女は一瞬の躊躇《ちゆうちよ》を見せた後、通路の奥、いつも彼女が最初に辿《たど》る、入り口から見て右手の奥を、指差した。

「あの辺りに、飾ってあった気がしたのですけれど……」

「ああ、ここに飾られていた絵なのですね」

「ええ……、あの、たぶん」

「どんな絵ですか？」

少し煮えきらないような彼女の様子が気にかかりながらも、わたしは尋ねた。ここに展示されていた絵ならば、わたしも見たことがあるはずだ。彼女の力になれるかもしれない。

彼女はまた、一拍のためらいの後、答えた。

「全体的に、黒っぽい絵です。大きさは、ちょうどこのくらいで」

彼女は目の前のラ・トゥールの絵を指す。

「黒の中に、三角形の点になる配置で、色が置かれていて。上が青で、右側が緑色。ステンドグラスみたいな、ガラスのような、飴《あめ》のような濃い色です。左の部分だけは質感が違って、夕暮れか夜明けのような、透き通るピンクのグラデーションの空が描かれている……」

彼女の語る絵を、わたしは自身の頭の中に思い描いた。

「抽象画、でしょうか」

「ええ、うーん、テーマとしては抽象的なんですけれど、その、青や緑のガラスっぽい質感や、ピンク色に染まる空の感じなんかは、とても写実的でした。抽象的な風景画、というか」

頭の中に出来上がった絵に、わたしはまったく見覚えがなかった。わたしは自分に軽い失望を覚えた。毎週この場所に通っていながら、展示されていた一枚の絵すら言い当てられないとは。

「すみません、覚えがないですね」

「いえ、そんな、いいんです。すみません、こちらこそ、こんなことでお邪魔してしまって」

「ああ、でも、そうだ。ここにあった絵なら、オーナーが知っているはずです」

わたしはオーナーのよく日に焼けた人好きのする笑顔を思い浮かべた。彼は自分の城であるこの美術館に展示する品を、自らの手で一点一点選んでいる。彼ならば、たとえタイトルや作者の名前が曖昧でも、彼女の今の説明から簡単にその一枚を判別できるはずだ。彼は女性に甘い。なんなら彼女のために、その一枚を再びここに戻すかもしれない。

「オーナーとは一応知り合いなので、メールで聞いてみますよ」

「え、いえそんな、とんでもないです。そこまでしていただくほどのことでは」

「いや、彼も絵のことなら喜んで答えてくれるはずです。なかなかつかまらない人なので、返事は遅くなるかもしれませんが」

「え、えっと、それでは……、でも、ああ、どうしよう」

彼女の動揺した様子に、わたしは首を捻った。展示品について尋ねるだけだ。そんなに恐縮することがあるだろうか。それとももしかして、これは出すぎた真似だっただろうか。わたしがさらりと答える可能性に期待して軽く声をかけたのに、オーナーにメールするだの、面倒なことを言い出したと思われてしまったかもしれない。わたしは言った。

「もちろん、ご迷惑でなければ、ですが」

「え、いえ、迷惑なんて、とんでもないです。ただ……ああ、ごめんなさい。実は、あの、本当にここに展示されていた絵なのかどうか、確かじゃないんです」

「ああ、なるほど。しかし、オーナーならば絵画全般に詳しいですし」

「それが……そんな絵が、本当に実在するのかも確かじゃないんです」

「え。それは」

「あの、本当に、お恥ずかしいのですが、それは、私が夢の中で見た絵なんです」

髪の隙間から覗く彼女の耳が、ほんのりと紅《あか》くなった。

「この美術館の三階、踊り場から入って、右手奥の中央側の壁です。その絵がかけてありました。一目見て、私はもう、なんというか、心を奪われて」

目を伏せて、彼女は話す。瞼《まぶた》の裏側、その半分に、夢の情景が映し出されているとでもいうように。

「今まで見てきたどんな絵より、その絵が気に入ったんです。この絵がほしいと思いました。レプリカやポスター、ポストカードでもなんでもいいから、とにかく手元に置きたいと。だから私、必死でその名前を覚えたんです。絵の下の白いプレートに、作者の名前が書いてありました。ヤクヤレヴィレ、って。半分くらい、これが夢だって意識があったような気がします。だから頭の中で、何度もその名前を唱えました。唱えながら、目を覚まして、すぐにスマホで検索して、でも、そんな画家はいないようで……」

「なるほど、それで実際にこの場所に、探しに来られたんですね」

彼女は目を開き、真っ直ぐに背筋を伸ばしたうえで、頭を下げた。

「すみません。夢の話なんてくだらないことでお邪魔をしてしまって。でも、その絵が本当に存在するなら、どうしても見つけたいと思ってしまって。その絵が本当にここに飾られていたなら、あなたならご存じだろうと」

「いや、謝らないでください。お気持ちはよくわかります。絵を好む人間なら、当然の気持ちですよ」

夢の話で時間をとられた、ということに、わたしは本当に、いやな気持ちはまったく抱いていなかった。むしろ、彼女の見たというその一枚の絵に、少し興味が湧いていた。夢の中で見て、現実でまで追いかけたいと思うような絵。それはどんなに素晴らしい絵なのだろう。

「あの、よろしければ、ですが」

そう前置きした後で、わたしは言った。

「美大時代の友人に、軽く聞いてみますよ。そういう絵を知らないかって。ご存じの通り、わたしは土曜日、たいていここにいるので、またお会いすることがあればご報告します」

「ああ、美大の出身でらっしゃるんですね。どうりで、お上手だと思いました」

彼女はわたしのカンバスを見つめ、言った。その言葉を、わたしは奥歯を嚙みしめてやりすごす。

「そう、ですね……。では、お言葉に甘えてしまってよろしいでしょうか。本当に、軽くでも聞いていただけるだけで、とても嬉しいです。専門の方々が知らないようであれば、あれは夢の中にだけ存在する絵だったと、諦めることができます」

「いや、しかし、夢は起きているときの記憶がもとになっているともいいますからね。あなたのその絵も、どこかで見たことがあるから、夢に出てきたという可能性は高いんじゃないですか」

「ええ、だといいのですけど。もういちどあの絵が見られたら、本当に嬉しい……」

来週の土曜日、また来ます、と彼女は言った。変なことに付き合わせてしまって申し訳ない、と、ふたたび美しいお辞儀を見せて。

「そうだ、私、吉川奈緒《よしかわなお》と申します」

「あ、わたしは古賀《こが》、隆《たかし》と申します」

「古賀さん。それでは、また」

彼女は颯爽《さっそう》とした足どりで通路を進み、階段へと消えて行った。最後に一度、こちらに礼儀正しい微笑みを向けた。

ひとりになった瞬間、軽い混乱に見舞われた。仕事以外で他人と話すこと自体が久しぶりで、脳の処理が追いついていない心地がする。新しい知り合い、なんていうものができたのは、一体何年ぶりだろうか。

吉川奈緒さん、といった。彼女の印象が、これまで遠目に見ていた、ただの常連客のひとりという存在から更新される。礼儀正しい方だった。話し方も落ち着いていて、なんとなく思っていたよりも、もっと年上の女性かもしれない。そして彼女もまた、わたしのことを個人として認識してくれていたらしい。おそらくは、毎週土曜日同じ場所で絵を描く、平凡な中年として。その印象は、今日彼女の中ですこしは更新されただろうか、と、そんなことを気にしている自分に気づき、苦笑してしまう。

わたしは椅子の位置を整え、カンバスへと向き直った。聖ヨセフと幼いキリスト。その姿は、まだ闇の中のシルエットでしかない。わたしがうまい絵描きでないということは、おそらく彼女には気づかれなかっただろう。気づく人など、そういない。わたしがただ模写をしている限りは。

彼女の求める絵が見つかればいいと思う。自分にその手助けができれば幸いだ。それは、わたしがここで毎週末を過ごすということに、初めて生まれる価値になる。


帰宅して、すぐに古い仲間に連絡を取った。美大に在学中から公務員試験の勉強をし、卒業と同時に区役所に勤め始めたわたしを、「裏切者」や「芸術の落伍者《らくご》」と呼んで離れて行った友人もいたが、似た境遇の仲間は残った。つまり、芸術を愛してはいたが、芸術には愛されなかった者たち。それに早々と気がついてしまった者たち。つまりまあ、仲間のほとんどだ。

何人かにメールを送り、携帯もパソコンも持っていない奴には電話をかけた。簡潔に回答のみが知りたかったので、事情のすべてを説明することは控えた。知人が遠い記憶にある絵を探しているのだと、彼女が話した絵の特徴と、「ヤクヤレヴィレ」という画家の名前だけを伝える。夢の話だということも、美術館で出会った彼女のことも、伏せておいた。四十代も半ばを過ぎて独身のわたしが若い女性と会話をしたというだけで、邪推して不毛なお節介を焼きたがる奴もいるものだ。

何人かには電話がつながり、また何人かからはすぐにメールの返信が来た。しかし、「ヤクヤレヴィレ」という名に覚えがあるという者はひとりとしていなかった。絵の特徴については、雰囲気がルネ・マグリットに近いのではないかとか、エドガー・エンデから不穏な雰囲気を抜いた感じか、とか、それぞれに浮かんだ印象を伝えてはくれたのだけれど、それはこの絵である、とぴたりと回答をくれた者はいなかった。

「悪いね、力になれなくて」

電話口で、懐かしい声が言った。中条《なかじよう》はわたしと同じ区内の高校で美術教師をしている、我々の中で、美術に関わる仕事に就いた貴重なひとりだった。

「いや、いいんだ。見つかれば幸運、くらいの気持ちだったから」

「でも、古賀から絵についての質問がくるなんて、驚いた」

「そうか？」

「ああ、ここ数年、お前と絵の話なんてしてない気がするよ」

「そうかな」

「うん。だからうれしかったよ。お前さ、俺らの中では一番の腕だったろ。そういうやつが絵から離れてるの見るのは、寂しいもんがあるよ」

いやあ、そんな、と曖昧な相槌《あいづち》を返しながら、わたしは部屋の隅に立てたままのイーゼルを眺めた。カンバスはまだバッグの中だ。絵を描き続けているということは、かつての仲間たちには話していない。いや、もっと明確に、意図して隠している。

数日後には、連絡をした全員から返答があった。一律、わからない、と。

それでわたしは結局、あの美術館のオーナーにも連絡を取った。だが、答えはある程度予想していた通りで、彼の美術館にそのような絵を飾ったことは一度もないという。それでもう、わたしに打てる手は尽きてしまった。

彼女には残念な報告をしなければならない。土曜日、彼女はどれくらいの期待をしてやってくるだろうか。根拠もなく下手な希望をもたせたわたしを、もしかしたら恨むかもしれない。

しかし土曜までに、彼女が自力でその絵を見つけ出す可能性もある。わたしはまったく格好のつかない形になってしまうが、彼女の望みが叶うことが一番だ。そうしたら、わたしもぜひその絵のタイトルを教えてもらいたい。彼女から聞いた絵について、何度も友人たちに説明しているうちに、わたしの頭の中にはその絵のディテール、細部まで、かなりはっきりとした形で描き上がっていた。暗闇の中の、青、緑に、ピンク色に染まる空。

わたしも、その絵が好きだ。ぜひ見たい。いや、でも、もしそれが、彼女の夢の中にしか存在しないものだったとしたら、どうだろう。

土曜日の午前中、早い時間に彼女は現れた。その顔を見てすぐに、彼女もあの絵にたどり着くことができなかったのだ、ということが判ってしまった。彼女もわたしの顔を見て、同じことを読み取ったようだ。どうやらわたしも彼女同様、曇った顔をしていたらしい。開口一番、彼女は言った。

「すみません、お手間をとらせてしまって」

彼女には、謝られてばかりいる気がする。

「いいえ、とんでもない。ただ、こちらもすみません、友人にあたってみたのですが、知っている奴は誰もいなくて。結局、なにもわかりませんでした」

「いえ、そんな。私もあらためて調べてみたんですけれど、同じだったので」

「マグリットっぽくないか、なんて奴もいたんですけどね」

「あ、はい。マグリットは、私も好きな画家で。でも、彼の作品に、あの絵はないみたいでした」

「ああ、そうでしたか」

「はい」

彼女は頭を下げた。美しいお辞儀ではなく、単に項垂《うなだ》れたようだった。

「やっぱり、あの絵は私の夢の中にしか存在しないものだったのだと思います」

「それは……残念ですね」

「ええ。本当にすみませんでした、変なことに付き合わせて、ご迷惑をおかけしてしまいました」

「いえ」

それで、話は済んでしまった。彼女はとても落ち込んで見えた。

彼女は、今後もまたこの美術館を訪れるだろうか。夢の中で目にした愛する絵の欠落したこの場所は、彼女にはひどく色あせたものに映るのではないだろうか。ここはもう、その喪失を強く思い起こさせる、悲しい場所となってしまったかもしれない。そして、ここにはわたしがいる。「迷惑をかけた」と恐縮している人間に、ふたたび会いたいとは思わないだろう。彼女はこの場所を避けるかもしれない。少なくとも、土曜日は。

わたしは迷った。彼女に話すべきか、否か。

「あの」

思い切って、声を出した。途端に、緊張で胸が痛くなる。頭に血が上る。

「はい」

「ちょっと、考えたんですけどね、いや、考えたというか。うーん、興味が湧いたというか」

はあ、と、彼女が首を傾げる気配がする。そちらを向く勇気は出なかった。わたしはイーゼルの上のカンバスを見た。そのラ・トゥールの模写に、わたしは前の土曜日から、まったく手をつけていなかった。取り掛かっていたもう一枚が、今日は二つ持ってきたカンバスバッグの中に入っている。

わたしはまだ迷っていた。もしかしたら、これは彼女にとても不快な思いをさせることかもしれない。それをわかっていて、話すのか。彼女には伝えず、ひとりでひっそりと続ければ済む話ではないか。ラ・トゥールにだって、模写の許可を求めたことなどないのだから。しかし、できることなら、そう。わたしは彼女の協力が欲しいのだ。

次の句を継げず黙り込んだわたしに、彼女が戸惑いを浮かべているのが気配でわかる。まず、説明がしたかった。説明し、少なくともわたしの意図をわかってもらった上で、彼女に依頼するつもりだった。しかし、昨夜何度も頭の中で繰り返したはずのプレゼンの台詞《せりふ》は、彼女を目の前にした今、ひとつも思い出すことができなくなっていた。沈黙に耐え切れず、わたしは結局、バッグからもう一枚のカンバスを取り出した。少しでも嫌な顔をされたらすぐに引き下がろう、と心を決めた。

それを一目見て、彼女は息を呑んだ。

「すみません」

思わず、謝罪が口をついて出る。

「すみません、勝手なことをして」

わたしの手の中の絵。そこに描かれているのは、暗闇の背景に浮かぶ、三つの色。青と、緑、うすい桃色。まだ、素描に軽く色をのせただけの大まかな構図の状態でしかない。しかし彼女には、わたしがそこに何を描こうとしているのか、すぐにわかったことだろう。彼女が夢で見た絵を、描き出そうとしているのだから。

「ご不快でしたら、すぐに止めます。ただ……そう、興味が湧いてしまって。あなたがお話しになった絵に。つい、筆をとってしまった。本当に、勝手な真似だと理解しています。少しでもご不快でしたら、ここで止めます」

そう弁明を口にして、わたしはようやく彼女の顔を窺《うかが》い見た。彼女は目を見開き、白く細い両手の指で口元を覆っていた。驚いている。やがてその指がそろそろと下ろされ、胸の前で結ばれた。

「私が言った絵を、描いてくださっているんですか」

「ええ、しかし」

「嬉しい。描いてくださるんですか？」

彼女は真っ直ぐにわたしを見つめた。その目に、翳《かげ》りや嫌悪の色合いは少しも見つけられなかった。

「え……いいんですか？」

「もちろんです！」

彼女の高い声がフロアに響く。自らの声に驚いたように、彼女は再び口を押さえた。

「あの、しかし、あなたが見た絵、そのままのものが出来上がるわけではないと思いますよ。努力はしますが、あなたの中のイメージを、壊してしまうかもしれない」

「それでもかまいません。私、古賀さんが描くあの絵が見たいです」

彼女は少しのためらいも見せなかった。古賀さんが、描く、絵が見たい。その言葉に、わたしは喜びと共に、恐れを抱いた。それを振り払うように、言った。

「あの、図々しいお願いであることはわかっています。ただ、もしよろしければ、わたしにアドバイスをいただけませんか」

「アドバイス？」

彼女は首を傾げた。

「はい。わたしは、できればあなたが夢の中で見た、そのままの絵が描きたいのです。あなたの絵に、少しでも近づけたい。だから……お時間のあるとき、本当に、気が向いたらで構わないので、進捗《しんちょく》を見て、助言をいただけませんか。この美術館に来たときに、ついでにでも」

言葉の途中から、彼女はわたしの背後に回り、わたしの手の中のカンバスを覗き込んでいた。

「緑の色合いが、少し違う気がします」

はっきりとした歯切れのいい発音で、彼女は話す。

「青は、これで問題ないです。これ、ウルトラマリンブルーですかね？　そう、ちょうどこんな色でした。すみません、私、専門的なことは全然わからないんですけれど、この状態からまた色を重ねていく感じですよね？　じゃあ、また変わるのかもしれないですけど、緑は、そう……もっと暗い、というか、黄色味の弱い、深い緑でした」

わたしは彼女に、昨夜使用した絵の具のそのまま残るパレットを開いて見せた。貧乏性なもので、一度出した絵の具は固まりきるぎりぎりまで捨てられない。

「この中に、近いものはありますか」

彼女は真剣な目で、わたしの手に顔を近づけた。木製の折り畳み式パレットは、学生時代からもう数十年は愛用しているかなり年季の入った品である。雑多に色の載ったそれを見せるのは、技量の一部、性格の一部、大げさに言えば心の一部を見せるようで、落ち着かない気分になった。

「……これ、ですかね」

彼女が指差したのは、ブルーとの混色に使用したフタロシアニングリーンの原色。わたしの好きな色だ。

助言が欲しいという申し出を快く受けてくれた彼女は、気が向いたときで構わない、という言葉をどうとらえたのかはわからないが、翌週も、その翌週も、さらに次の土曜日も、わたしが絵を描く美術館の三階に姿を見せた。

彼女が現れるのは、決まって午前中。わたしがイーゼルにカンバスを置き、前日までの筆の進みを振り返り、その出来栄えと全体の構成とを見つめなおしている最中に、フロアの入り口から美しい姿勢の彼女が真っ直ぐ歩いてくる。そしてわたしの絵を見つめ、一週間分の進捗により生じた誤りや歪みを丁寧に正す。彼女の夢の中の絵にたどり着くための正しい道を示し、導いてくれる。

「黒の部分はもっと濃い黒です。この……ラ・トゥールの描く柔らかな闇よりも、もっと暗い、はっきりとした質感で。リアルな暗闇の色ではなく、黒い物質がそこにあるような……」

「なるほど……。では、ナイフを使った方がいいかもしれないですね」

「ああ、そうかもしれません。それから、空を描くスペースは、もっと中心からずれていました」

油絵の技術的なことはまったくわからない、と恐縮しながらも、彼女は下手な遠慮や世辞は排除して、毎回率直で妥協のない指示をくれた。わたしにはそれが、大変有り難かった。

そもそも、彼女が受け入れてくれたことが奇跡なのだ。自らの中にある構成、構想を、他人の手にゆだねようと思える人が、どれだけいるだろうか。そんなふうに思える「芸術家」が、どれだけいるだろう。他人の手でその像を崩されるくらいなら、頭の中だけの完璧な状態に留めておきたいと、わたしならそう思ってしまう。彼女はなぜ、描くことを許してくれたのか。それも、わたしのようなアマチュア、趣味の人間に。

「古賀さんでなければ、お願いしなかったかもしれません」

それとなく尋ねたわたしに、彼女は答えた。

「この美術館に来るたび、ここで模写をしている古賀さんのことも、お見掛けしていました。あの、日本では珍しいですよね、美術館で模写をしている方って。海外では、大きな美術館で名作の前で描いている方が、たくさんいますけど」

「ええ、日本だと、建物の広さやなんかの関係から、難しいと聞いたことがあります。ここのオーナーが、学生時代にお世話になった教授のお子さんで、特別に許可をいただけたんですよ」

「ああ……そうだったんですね。私、ずっと気になって見ていました。古賀さん、絵を描いているときの姿勢がとてもきれいですよね。あと、あの、すみません。私、何度か勝手にカンバスを覗かせていただいたことがあって」

「ああ、いえいえ。絵の前に居座って描いてるわたしが悪いんですから」

「すごくお上手だと思いました。私、プロの方だと思っていたくらいです。だから……ごめんなさい、なんだかすごく偉そうな言い方になってしまって……でも、とにかく古賀さんでしたら、きっと私にあの絵を見せてくださると、そう思ったんです」

彼女は小さなはにかみを見せながら、ささやくような声でそう言った。わたしはかつての土曜日と、そこで描いていた絵を思い返す。自分の正体を自らに突き付けるような心地がした。彼女とこうして会話をしていること自体、奇跡なのだ。

「古賀さんは、どうしてですか？」

「え？」

「古賀さんは、どうしてこの絵を描こうと思ってくださったんですか？　せっかくここで模写のできる、ラ・トゥールの絵を休止して」

「それは……やはり、あなたがお話しになった絵に、興味が湧いたからです。見たいと思った。それと、わたしは……なんというのかな。模写は、もちろん好きで行っているわけですが、好き、というか……。いえ、うーん……と、ですね。ああ、すみません」

「え？」

「いや……どうしても、うまく説明できなくて。なんというか、自分の考えを話すことが、あまり得意ではないんです。特に自分の気持ちとなると、もう、駄目ですね。説明するのが、どうも苦手で」

「そうなんですか？　それは……意外です。古賀さんのお話は、いつもわかりやすいと思っていたので」

「例えば、仕事の話なんかでしたら、そうでもないんですけどね。しかし、自分の思っていることとなると……言葉を出せば、必ず、相手に誤解されます。ああ、えっと、誤解なんて大げさなものではなくてもですね、なんというか……つまり、わたしの思っていることが、そのまま完璧に、相手に伝わるということはないでしょう。言葉は、そこまで完璧なものではない。脳の中のすべてを信号にするなら、言葉なんてものでは、単純に数が足りない。なにも言葉を発しなければ、誤って読み取られることはない」

苦手だ、と言いながら、自分の考えを長々話すことに気恥ずかしさを感じて、わたしは言葉を切った。しかし彼女は気にした風もなく、ほがらかな顔で、ああ、わかります、と頷いた。

「そういうもどかしさ、とてもわかります。私も、話すことはあまり得意ではないから」

でも、と、彼女は続ける。

「誤解にまみれても、ほんの少しだけでも伝わればいい、と思うこともあります。どうしても伝えたいことなら」

彼女の素直な眼差しを見て、思った。わたしはきっと、どうしても伝えたいことを、持っていないのだろう。

正午前に、彼女はここを立ち去る。仕事に向かうためだ。何度も顔を合わせるうちに絵以外のことを話す時間も増え、わたしは彼女という人間について、少しずつ知るようになっていった。

彼女はこの近くの調剤薬局で、薬剤師として働いている。木曜日と日曜日が休みで、土曜日は午後からの勤務だ。絵を見ることは昔からの趣味で、高校時代には水彩画を描き、美大への進学を夢見ていた時期もあったという。しかし、厳格で、現実的な生き方を望む両親には賛成されなかった。何の支援も保証もなしに茨の道を選ぶほどの覚悟はなく、若干の未練を残しながらも、芸術は大切な趣味として留めておくことを選んだ。

それでよかったと思っています、と彼女は言った。今、努力して就いた仕事に励みながら、鑑賞者として芸術に関わる日々が幸せだと。自分には、その生き方が合っている、と。

彼女の話を聞いた手前、というわけでもないが、わたしも段々と、彼女に自分自身の話をすることが多くなった。幼い頃から、ずっと絵を描いてきた。芸術に造詣の深かった祖父が与えてくれた色鉛筆や絵の具が、わたしにとっては何より魅力的な玩具だった。

中学のとき、県のコンクールで大賞を取った。わたしはそのとき、将来は画家になるとはっきり決断した。しかし、その一度きりだ。結局、わたしが芸術関係の賞を取ったのは、その一度きり。なんのことはない。その賞が、模写も受け付ける珍しい形態をとっていたというだけのこと。

夜、自宅に帰ってからも作業を続けた。以前は家でまで描くことは少なかった。彼女の絵を描くようになってから、格段に作業時間が増えている。絵の他に唯一の趣味といえた料理は、ここのところ手を抜きがちだった。今日も荷物を抱えたまま入ったファミリーレストランで夕食を済ませ、帰宅と同時に描き始めた。こんなに熱心に描くのは、学生のとき以来かもしれない。絵を描くことに楽しさと高揚を覚えることができていたのはさらに前、たぶん、大学に入る前のことだ。美大に入ってからは、苦しかった。

わたしは絵がうまくない。絵を描く技術は、あると思う。ただ、美しい絵を、まず頭の中に描くことができない。有り体に言えば、センスがないのだ。

わたしは、オリジナルの絵をまともに完成させられたことがない。授業や課題で無理やりに描き上げたことはあるが、到底満足のいく出来にはならなかった。到底、愛せるものではなかった。達成感を味わえるものではなかった。

わたしはまず、構図がとれなかった。描きたい、描き上げたい、と思える物を、どの角度からどの彩度でどの面を際立たせて描けばいいのか、一瞬の場面を切り取る直感が、絶望的に鈍かった。写実的なものを描こうとして、パースやバランスが崩れるというわけではない。技術的になにかが欠けているというわけではない、と思う。これはきっと、もっと内面の、感性の問題なのだ。

そう考えたわたしは、どうにかして自らの感性を研ぎ澄ませようと、多くの絵を見、多くの音楽を聴き、多くの本を読み、多くの自然に触れた。美しいものに触れることが、わたしにしか捉えることのできないオリジナルの構図を、わたしにしか見ることのできないオリジナルの世界を呼び覚ましてくれることを期待した。けれど、駄目だった。美しいものを見れば、わたしの心は素直に感動に震える。しかし、どんなに揺さぶられたところで、わたしの内面から、創作につながるなにかが沸き起こってくることはなかった。

わたしの腕、わたしの手、わたしの指先は、芸術家であると今でも信じている。しかしわたしのこの脳は、どう足掻《あが》いても芸術家ではなかったのだ。

「すごい、本当に、ステンドグラスがそこにあるみたい。光が透けるこの感じ、夢で見た通りです」

翌週の土曜日、彼女の指示通り、厚いガラスの質感で描いた青の空間を見て、彼女は感嘆の声をあげた。

「それはよかった。こちらの緑のスペースも、同様の明るさで問題ないですかね」

「ええ、そうしてください。大きさもこのまま青と同じくらいで、形も同じ、こう、不規則な感じに」

「わかりました。来週には確認していただけると思います」

「そうしたら、次は空ですか」

「ええ、そこが一番難しそうですね。全体の雰囲気に影響する」

「楽しみです。とても」

彼女は夢見るような目で微笑んだ。

「わたしも楽しみです。……完成図が目の前にない状態で絵を描くのは、本当に久しぶりだったので」

「古賀さんの絵を覗く他のお客さんにびっくりされてしまいますね。模写をしているようだったのに、ここにはない絵が描き上がっていくのですから」

「確かに、そうですね。オーナーに知れたら怒られてしまうかもしれないな。すっかりアトリエ代わりに使ってしまっている」

「完成したら、どうします？」

「え？」

「この絵が完成したら、それを……どうするおつもりでしたか？」

わたしは彼女を見た。すっきりと伸ばされた背中、首。白い顔には、いつもの柔和で控えめな表情が浮かんでいる。わたしには、そこから彼女の考えや気持ちを読み取ることはできなかった。

わたしはあくまで自己満足のために描いているのです。それをあなたが喜んでくれて嬉しい。だから、ご迷惑でなければ、これはあなたに差し上げたいと思います。

この絵を描き始めたころに尋ねられたら、間違いなくそう答えていただろう。

しかし、わたしはこの絵を、既に愛し始めていた。長年絵を描き続けて、初めて自分自身で納得することができそうな、オリジナルの絵なのだ。いや、もちろん、わたしのオリジナルではない。これは彼女のオリジナルだ。しかし、図々しい言い方が許されるなら、これはわたしたちの共作とも呼べるものではないだろうか。少なくとも、わたしが長年腕を慰めるためだけに描き続けた、「模写」とは違う。まったく新しい作品を、わたしの手で、この世に生み出しているのだから。

「……あなたが許可してくださるなら」

そう前置きしながら、わたしは彼女の瞳を見つめた。わたしがこれから口にすることに対する、偽りのない、本心を読み取りたかった。

「コンクールに、出したいと思っています」

「まあ」

彼女は、少しだけ瞼を持ち上げた。

「素晴らしいと思います。とても素敵。わくわくします」

「本当ですか？　少しも、嫌ではないですか？」

「ええ、もちろん。どうして、嫌だなんて思うんです？」

「……人の批評に、さらすわけです。つまり、わたしはそうまでして、他人の評価なんてものを、求めているわけです。あなたに描かせていただいている絵で、評価を得たいと思っている。あさましいとは思いませんか」

「難しいことをお考えになるんですね」

面白がるような口調で、彼女は言った。

「私は、古賀さんの絵が賞を取ったら嬉しいです。私、結構、好戦的な性格なんですよ。レースとか大会とか、大好きです」

ぜひ大賞を取ってください、と、彼女は胸の前で拳を握った。その瞳の中には、本物の情熱を宿した光、闘志のようなものが灯っているように見えた。賞レースに熱くなる彼女が微笑ましく、わたしの口も自然に緩んだ。そうだ。わたしも同じだ。賞に勝ちたい。大賞が取りたい。

「それでは、お言葉に甘えることにします。コンクールに出します」

「はい。楽しみですね。どのコンクールに出すのか、もう決めてらっしゃるんですか？」

「いえ、それはまだ……。とにかく、完成させてからですね。それから、よさそうな賞を探そうかと」

一般向けの絵画のコンクールは、そう頻繁に開催されているわけではない。学生限定や若者限定と、年齢制限が設けられているものも多い。応募できるコンクールの開催とタイミングが合えばいいが、そう運良く事が運ぶかはわからない。しかし、待つことは苦にならない。もうずっと、わたしはその時を待ちつづけてきたのだから。諦めながら、待っていた。

「楽しみですね」

彼女はもう一度そう言った。

「楽しみです」

わたしは答えた。


賞を意識しだしたからといって、この作品の完成目標は変わらない。彼女の夢の中の絵にできるだけ忠実に沿うということ。今のところ、それはうまくいっているらしい。暗闇の中に光る青、そして緑も、妥協を許さぬ彼女の審査を無事通過することができた。最後の難関は、絵の左下部分に広がる、ピンク色の空だ。空、というテーマがまず多様で複雑であるし、それに伴い、新たな問題もでてきた。彼女自身が、夢を忘れつつあるということだ。

「この辺りにもう少し、厚い雲が漂っていた気がします。ああ、でもそうなると、この辺は影になっちゃいますかね？　それはちょっと違った気がする……。影はほとんどなかったと思います。ピンク色と少しだけ残った水色のグラデーションと、あとは、白い雲。でも、はっきりと白い部分は少なくて……ううん、この辺り、だったかな。ああ、でも、黒との境目にも、光が差していた気も……」

美しい空を見た、と記憶していても、それがどのような形のどのような彩色の空であったのか、子細に記憶し続けることは難しい。彼女が件の夢を見、わたしに初めて声をかけてきたあの日から、既にふた月近くが経とうとしていた。確かな記憶はとうに霧散して、今彼女は、うっすらと残った印象からなんとかその像をよみがえらせようと、もがいているように見えた。

「とりあえず、そのように描いてみますよ。合っていれば、これだ、とピンとくるでしょうし、違うな、という部分があれば、いくらでも修正できます」

実際に見れば思い出すはず。それを希望に、とりあえず前に進んでみようと、わたしは提案した。

「ええ……すみません。私も、もう少しはっきり説明できるように、細かく思い出してみます」

彼女はつらそうに瞼を伏せた。真剣なのだ。この絵に対して。

自分で頼んだことではあるものの、わたしはその、自らの見た景色を必死にわたしに伝えようとしてくれる彼女の姿勢に、敬意を覚えた。これほど真剣にひとになにかを伝えようとしたことなど、わたしにはあっただろうか。

「でも、あの、あるいは、ですけど。もう、私の夢にこだわらなくても、よかったら、古賀さんが良いと思う風に描いていただいても、私は構いませんよ。賞に出すのですから、より良いものにした方がいいはずです。他の部分に関しても、古賀さんが良いと思う風に、アレンジを加えてもらって……」

「いえ、わたしは……恥ずかしながら、わたしにはそういったセンスがないんです」

「センス？」

彼女は不思議そうに首を傾げた。その反応からだけでも、彼女は自らのセンスに悩んだことなどない人間なのだ、とわかった。センスなんていう曖昧な感覚について、真剣に考えるのは持つ者ではなく、持たざる者のほうだ。

「ええ、なんというか……。感性が、鈍いんでしょうね。わたしには、描きたい空がない。描きたい絵がないんですよ。でも、絵は描きたい。どうしてそういった欲求が湧いてくるのかはわかりませんが……。だから、他人の絵ばかり描いていたんです」

「それは……私と逆ですね」彼女は言った。

「あ、嫌だ、逆、なんて言ったら、あれですね、自分にセンスがあるって言ってるみたい。えっと、そこではなくって、描きたい絵がないって、おっしゃった……。私は、描きたい絵が沢山あるんです。でも、それを実際に描き出す能力はない」

カンバス、パレット、油絵の具、わたしの手にしている絵筆。彼女が手にすることのなかった画材道具たち。それらに順番に視線をやったあと、彼女は言った。その声は、ほんの少し、寂しそうに沈んでいた。

「だからこそ、今、古賀さんの絵に関われているのがとても嬉しいんです」

「わたしのほうこそ、とても嬉しい。感謝しています」

彼女はやわらかく微笑んだ。その笑顔を見て、わたしは自らの言葉の足りなさを恨んだ。わたしが彼女にどれほど感謝しているか、きっと彼女には、正確には伝わっていない。彼女には想像もつかないだろう。この心が、彼女によってどれほどの幸福を味わっているか。

「頑張りますね」

わたしは言った。それが彼女に対する、わたしにできる何よりの恩返しになると願って。この絵が完成した時の、彼女の笑顔を願って。

これまでになく暗い表情をした彼女が現れたのは、その翌週の土曜日だった。

わたしはとても張り切っていた。この一週間、仕事を終えて帰宅してから、毎日深夜に及ぶまで筆をとり続けていた。この歳になっての夜更かしは身体にはなかなか応えるものがあったが、完成間近の絵を前にしたわたしの気力は、まったく衰えることがなかった。そうして描き上げた「空」は、彼女が記憶の底からなんとかその上澄みをすくい上げ語った空に、なかなか近いところまで迫っているのではないか、と期待できるものだった。繊細な光の透過に、複雑な陰影。筆の一のせで表情を変える、一瞬の空。

これはあるいは、一発で彼女から合格をもらえる出来かもしれない。薄れてしまった彼女の記憶を、わたしは完璧に修復してみせたのではないか。

あまり期待をし過ぎてはいけない、とわかってはいたが、かといって浮かれた気持ちは抑えられず、土曜日、わたしはいつになくそわそわした気持ちで、美術館三階、いつもの定位置に座り彼女を待った。

そして現れた彼女の様子は、明らかにいつもと違っていた。

わたしは、わたしたちが初めて会話を交わしたあの日、夢の中の絵を探して、いつもとは違う様子であわただしくこの場所に姿を見せた、あの日の彼女を思い出した。けれど、今日の彼女は、あのときともまた違う。俯《うつむ》いた顔に、酷く頼りない足取り。わたしには、こちらに歩いてくる彼女が、そのまま床に倒れてしまうのでは、と思えた。あるいは、そのまま消えてしまうのでは、と。

「大丈夫ですか」

目の前に立った彼女に向かい、わたしは言った。彼女は項垂れた顔をさらに少し下げ、頷いてみせた。前髪の隙間から、酷く打ちのめされたような、傷ついた目がのぞいた。

「なんだか、とても具合が悪そうに見えます。体調が優れないのでは」

「いえ……、あの、私は、大丈夫です」

「無理をして来られたのではないですか？　絵の話でしたら、また今度でも大丈夫ですよ」

「いえ……あの、」

そこで、彼女は意を決したように顔を上げた。わたしを見、そして、そこに立てかけられたカンバスを見た。わたしたちの絵を見た。

「ああ……」

彼女は顔を伏せ、静かに泣き始めた。

「ごめんなさい」

そこでわたしはようやく、なにかこの絵に良くないことが起こったのだと理解し始めた。

「見つけてしまったんです。ヤクヤレヴィレが、描いた絵を」

カンバス前の椅子に座り、なんとか言葉を紡げるくらいまで涙を落ち着かせた彼女は、かすれた声でそう言った。

ああ、と、わたしは思った。ただ、ああ、そうか、と。

「コンクールを、調べていたんです。この絵を……出すための。それで、ある賞の、去年の受賞作品に……この絵が。日本人だったんです。ヤクヤレヴィレさん」

「え、そうなのですか」

「日本人の、中学生の、女の子でした。あの、全部、漢字だったんです。屋久、夜冷美礼さん」

「夜冷美礼さん」

「はい」

「それは……すごい名前のお嬢さんですね」

キラキラネーム、というやつか。そういえば、そういった派手な名前での出生届が最近多いと、窓口担当の同僚がぼやいていたのを思い出した。

「いや、名前に負けない才能を、持った方だったのですね」

「本当にごめんなさい」

彼女は、もう何度目になるかわからない謝罪の言葉を繰り返した。

「気づいてから思い出しました。私、その賞の展示会に、行っていました。きっとそこで、無意識のうちに記憶に残った絵を、夢で見てしまったんです」

「あの……よろしければ、その、賞の名前を教えていただけませんか。わたしも、見てみたいんです。……オリジナルの絵を」

小さくはなを啜《すす》った彼女は、手にしていた鞄から、携帯電話を取り出した。そしてなにやら操作をしたその画面を、わたしに差し出して見せてくれた。映っていたのは、一枚の絵。

暗闇の中、三角の点の配置で描かれている、三つの風景。頂点は、青い海。右手には、木々の連なる深い森。左には、夕暮れか、明け方か、ピンク色に染まりゆく、グラデーションの空。

作者は、屋久夜冷美礼、十五歳。タイトルは、『わたしの目が見るもの』。自分の見るものを、絵に描いて、それが評価される。美しい、感性を持った、若い才能か。

「細かいところは、けっこう違いますね。青や緑の部分も、風景だったのか」

「……私が、夢の中で、自分の好きなように作り替えたんだと思います。私、展示会で実物を見たときは、それほどこの絵が好きだとは思わなかったから。だから、私……」

彼女は目の前のカンバスを眺め、息を詰まらせた。

「こちらの絵の方が、ずっと好きです。本当に、私があの夢の中で、心を奪われた絵、そのまま……。空も、ああ、本当に、完璧です……」

「本当ですか？　それはよかった」

「いいえ、ごめんなさい、怒っていただいていいんです」

彼女は赤くなった目を上げ、強い視線でわたしを射《さ》した。

「古賀さんが優しい方だというのは知っています。こんなふうに泣いたりして、私、卑《ひ》怯《きょう》ですよね。でもどうか、こんなものは無視して、私を許さないでください。あなたの時間を奪ってしまいました。あなたが他の絵にかけられたはずの苦労を、私が奪いました」

自罰的な彼女の言葉を聞きながら、わたしは自分の胸の中を探った。失望や、怒りや、燃え上がるような嫉妬がどこかにありはしないか。もういちど賞を狙えるかもしれないと期待したこの心が、絶望に打ちひしがれてはいないか。しかし、わたしの胸の中は凪《な》いでいた。なんて穏やかかな。

「吉川さん、わたしは、なんというか、あなたになにも奪われてはいないと思います。だから、怒る理由もありません」

わたしはフロアに膝をつき、彼女に視線を合わせた。ほんの少し、彼女を見上げる角度になる。わたしが座って絵を描いているときは、わたしたちはいつもこの角度で話をしていた。

自分が今、どう感じているか、うまく話せる自信はなかった。しかし、わたしはなんとしても、彼女にそれを伝えたいと思った。自分の内側にあるものを伝えるため、とにかく言葉を紡ぎ出したいという衝動が、新鮮な感触を伴って胸に広がった。これは、絵を描き始めるときの感触に似ている。いつもその衝動に従い、わたしはカンバスに向かい、模写を行ってきた。しかし今、これはわたしの内側からあふれ出るものだ。

「わたしは確かに、少し、寂しいと感じました。……オリジナルの存在を知って、その才能に嫉妬するかと思ったんですけどね。どうやら、わたしはそんな立場、そんな立ち位置にすらいないと、もう、自分で気づいてしまっているようです。だから、怒りだとか、悲しさは、感じていません。ただ、少し寂しいと感じた。すべてが自分から遠いところにあるというのが、寂しい。だから、あなたがこちらの絵の方が好きだと言ってくださって、それだけで、とても救われます。それだけで、寂しくはないです。この絵を描いていて楽しかった。自分のために描いていたときとは少し違う、新鮮な楽しさでした。賞を目指せるという楽しさか、と思っていたんですけどね。今の気持ちを顧みるに、どうやら違うようです」

わたしはそこで一度、肺の中の空気を吐き出した。彼女はわたしから目を逸らさず、じっと次の言葉を待ってくれている。濡れた頬が光っている。この絵のために流された涙だ。

「この絵を、貰ってくださいますか」

「……もちろんです」

彼女の声の力強さに励まされ、わたしは言葉を続けた。

「あの、それから、この絵が完成したらお願いしたいと思っていたことが、ひとつあります」

本当は、ふたつある。けれど、まずはひとつ。

「また、あなたの絵を描かせてもらえませんか。あなたの頭の中にある絵を。気が向いたらで、かまわないので」

すっと、彼女は背筋を伸ばした。両手を胸の前で重ね、そして、はっきりと頷いた。

「ぜひ」

彼女の目尻がかすかに下がる。今日初めて見ることができた、笑顔だ。

いつかきっと、ふたつ目の願いを口に出したいと思った。

わたしは彼女の絵を描きたい。その笑顔の。

虫の眠り

榎本美結《えのもとみゆ》は虫に刺された。

虫が両手で握りしめたボールペンは、彼女の脇腹に三センチほど突き刺さり、止まった。

美結の視線のすぐ下に、長い黒髪の張りつく虫の後頭部があった。ワイシャツと肉を貫く細いペンはその髪に覆われて見えず、だから最初、美結は虫がただ、自分の懐に飛び込んできたのだと思った。仲の良い友人のように、ふざけて、じゃれてきたのだと。

美結、と声を上げたのは、机を囲んで話をしていた友人のひとり。椅子に座った彼女の位置からは、突き立てられたボールペン、そこから白いシャツに染み出す赤い血が、よく見えた。

震える友人に、美結は答えようとした。声をあげようとした瞬間、強張る筋肉が焼けるような痛みを発した。桜色の唇から、熱い息とかすかな呻《うめ》き声が漏れる。目眩がした。

美結、と、もういちど友人が叫んだ。

がた、と、いくつかの椅子が倒れる音がした。異変に気がついたクラスメイトたちの視線が、彼女たちに集まる。

「知実《ともみ》ちゃん？」

体中の熱と、脇腹で跳ねる痛みをこらえながら、美結は虫に呼び掛けた。

虫はふらりと彼女の足元に膝をついて、そのまま教室の床に座り込んだ。美結には相変わらずうなだれた虫の後頭部しか見えず、虫がどんな表情をしているのかわからなかった。そのとき、虫がどんな表情を浮かべていたのか、目撃したものは誰もいなかった。

☆

小野寺《おのでら》知実に虫というあだ名をつけたのは、松井真奈《まついまな》という少女だ。知実とは、高校に入り、二年生で同じクラスになった。初めて知実を見たときから、その長い首や手足や指、始終うつむきがちな姿勢、音程の定まらない独特の発声に、不気味なものを感じていたのだ。近づきたくない、と思った。それは生理的嫌悪だった。

あいつ、虫っぽくない？

そう言い出したのは、確かに真奈だ。しかし、それを面白がって広めたのは、周囲のクラスメイトたち。真奈に残酷という罪があるとしたら、彼らだって同罪のはずだ。

「間違えたんじゃないの」

夏休みが明けたばかりの教室で、榎本美結が小野寺知実に刺され、その報道が全国ニュースにまで広がった翌週。通常通りの授業が再開したばかりの教室で、クラスメイトの誰かが言った。

「あだ名がイヤで刺したんでしょ。だったら刺されんのは、松井のはずじゃね」

真奈も、ニュースを見た。学校関係者の話によると、加害者の女子生徒は、クラスでいじめを受けていた可能性がある、という。心ないあだ名を付けられていたという証言が、生徒たちの間から出ているそうだ。心ないあだ名。「虫」だ。

「あの日もさ、松井とかが小野寺になんか言ってるの見たし」

「うっせえよ今野《こんの》！　真奈は関係ねーよ！」

真奈と机を囲んでいた里沙《りさ》が、立ち上がり怒鳴った。

「いいよ、里沙」

真奈は冷めた声でつぶやく。あんただって、虫って呼んでたじゃん。

私はいじめなんてしていない、と、真奈は胸の中で、静かに、しかし力強く断言した。美結が知実に刺されてから、何度も自らの中で繰り返している言葉だ。私は決していじめなんてしていない。

いじめって、あれでしょう。集団で無視したり、悪口を言ったり。物を隠したり、暴力を振るったり。

真奈はそれら「いじめ」に該当するような行為を、誰かに対して行ったことなど一度もない。いじめは悪いことだと教わってきた。いじめなんて、そんな無意味で面倒なこと、自分がするわけがない。

無視するもなにも、虫のほうだって私に話しかけてくることなんてなかった。虫の持ち物になんか触りたくもないし、暴力なんて、犯罪だ。そんなこと、するわけない。ただ……私は、虫が嫌いだっただけ。

嫌いだから、できるだけ近づかないようにした。廊下ですれ違うときには、距離をとって端を歩いた。必要があって会話をするときには、できるだけ短い言葉で、少ない呼吸で済む低い声で話した。それらはすべて真奈がひとりで行っていた振る舞いだ。集団で示し合わせたわけではない。ただ、真奈の知実に対する嫌悪感は、学校という狭い環境と、知実の持つ独特の雰囲気も手伝って、瞬く間に周囲に広がった。

周りの子たちが勝手に私に倣っただけだ。私には、人を嫌う権利もないっていうの？

真奈はもともと、排他的な性格だった。人間は、「好き」か「嫌い」か「嫌いだけど我慢できる」のいずれかで、二番目の割合が一番高い。特に、物理的な距離感の近すぎる人間は、ほぼ例外なく「嫌い」に分類された。電車の中で空いている席があっても、真奈は見ず知らずの人間と肩が触れるのが嫌で、座らない。自分の領域に侵入されることが許せないのだ。彼女が初見で生理的不快感を覚えた知実は、人と話すとき、並んで立つときの距離感が、真奈の心地よいと感じるそれよりも、近かった。

嫌いな人間のたっぷり入った狭い教室の中で、毎日何時間も過ごしているのだ。特に嫌いな人間に対して、嫌悪感を隠す努力をしなかったことが、いじめ？

違う、と、真奈は自分に言い聞かせる。自分はなにもしていない。ただ、思ったことを口にしただけ。無駄な愛嬌《あいきょう》を振りまくことをしなかっただけ。毎日、何時間も、明るく朗らかに誰にでも愛嬌を振りまいていられる人間なんて、いるだろうか。

いる。

美結だ、と、真奈は思った。

「ねえ、うちらでね、美結ちゃんに寄せ書きしようかと思ってるんだけど」

休み時間、クラス委員の大嶋《おおしま》が、真奈たちの集まる机に近づき、言った。

「松井さんたちも、書いてくれる？」

差し出された色紙には、既に数人からのメッセージがカラフルなペンで書きこまれていた。『早く元気になってね』、『学校で待ってる』。美結とごく仲の良かった友人からのメッセージもある。『美結がいないと寂しい』、と。

具体性のない言葉、と、真奈は思った。沢山の色が使われているのに、紙面にはまだ白さが目立つ。ひとりひとりのメッセージが短いせいだ。みな、踏み込んだことはなにも言えない。わからないからだ。どうして美結が、刺されたのか。

「私はやめとく」

色紙を受け取った里沙に向かって、真奈は言った。え、と声を上げたのは、大嶋だ。

「それって……、ちょっと冷たくないかな。松井さん、美結ちゃんと仲良かったよね」

真奈は、大嶋のことも「嫌い」に分類していた。なれなれしく、距離感が近い。しかし彼女の言う通り、真奈は美結のことは数少ない「好き」のカテゴリに入れていた。

榎本美結は良い子だった。真奈が十七年ちょっとの人生で、大人も含め、出会ってきた人間の中で、もっとも人格的に優れていると確信しているのが美結だ。美結は明るく、人当たりも良く親切で、それでいて押しつけがましいところがない。他人の気持ちを想像し思いやることのできる、優しく聡《さと》い少女だった。

「だいたい、小野寺さんがあんなことしたのってさ……」

大嶋が愚痴っぽくつぶやいた言葉に、真奈はすかさず口を挟んだ。

「あたしのせいだって言いたいの」

「違うよ！　うちらみんなのせいじゃん！」

真奈の言葉に、大嶋は興奮したように声を張り上げた。

「小野寺さんが孤立してるのに、なにもしてあげなかった、うちらのせいでしょ。だからみんなで、美結のこと励ましたいって思ったの」

「なにもしてあげなかった、って。違くない」

せせら笑うように、真奈は言う。みんな、あいつを虫って呼んでたじゃん。あいつはそれを、聞いてたんだ。そう続けようとした真奈を、大きなため息が遮った。

「関係なくない？」

手にした色紙の角を机に打ち付けながら、投げやりな口調で里沙が言った。

「だって、刺されたのは美結じゃん。美結はあいつのこと、名前で呼んでた」

「それは、だからさ」大嶋は真奈を見た。

間違えたんでしょ、と、その目が言っていた。皆、同じことを思っている。本当は、刺されるはずだったのは真奈なんじゃないか、と。虫が間違えたのだ。目撃した生徒の話によると、虫は凶器となったボールペンを、ほとんど顔の正面に構えていた。あれでは刺した相手の顔が、良く見えていなかったのではないか。

チャイムが鳴った。

みな席に戻りひとりになると、真奈は机の下、スマホのロックを解除した。板書する教師を上目で窺う。同時に、周囲のクラスメイトにも注意を払う。誰に見られるのも嫌だった。

検索ボックスの中、彼女らの高校名を入力すると、事件に関するニュース記事がずらずらと並んで表示される。美結が軽傷だ、という知らせに胸をなでおろしてから、これといって新たな情報は更新されていない。それでも、検索をやめることはできなかった。事件の後、真奈が続けていることのひとつだ。報道内容のチェックと、それから、それから記事に対する、ネット上の反応のチェック。


『この事件。ただの喧嘩騒ぎかと思ったら、いじめが原因みたい』

『加害者の女の子、「虫」なんて呼ばれてたって聞いた。かわいそう……』

『いじめへの報復だって。こういうのは、正当防衛でいいんじゃない?』


事件後かなり早い段階から、小野寺知実のあだ名はネット上に知れ渡っていた。きっと、クラスの誰かが漏らしたのだろう。虫、というそのあだ名だけで、加害者の知実はいじめの被害者であったと認識された。

誤解だ、と真奈は思った。誰も虫をいじめてなんかいなかった。

電源ボタンを押して画面を落とし、真奈は目を閉じる。小さく安堵の息を吐いた。まだ、大丈夫だ。まだ、自分の名前は挙げられていない。美結の名前も。こんなの大した事件ではない。みんなすぐに忘れる。虫の起こした騒ぎなんて……。

瞼が重い。机に肘をつき、組んだ手の上に顎をのせ、真奈は浅い眠りの中に沈んでいった。

「寄せ書き断ったんだって、松井さん」

耳についた自分の名に、真奈は足を止めた。女子トイレの入り口。化粧を直しに来たところだった。

「ほんと？　あいつ、さっき授業中スマホいじってたよ」

トイレから聞こえてきたのは、同じクラスの女子の声だった。真奈はあまり話したことのない、どちらかといえば目立たない、大人しいタイプの女の子たちだ。その彼女らが、時に軽やかな笑い声を交えながら、真奈を糾弾している。

「よく平気でいられるよね」

「ぜんぜん悪いとか思ってないのかな」

「最低じゃない？　あのまつ毛虫女」

まつ毛虫、と自分が陰で呼ばれていることに、真奈は気がついていた。言い出したのは、里沙だった。もうずっと前のこと。真奈のアイメイクが少々濃すぎた日があって、里沙のからかい半分に発した言葉が、悪意を持って広まり、残ったのだ。

でも、私は里沙を刺したりしない。

真奈は顔を上げ、意識して力強い足取りで、まださざやかな笑い声の続く女子トイレへと踏み込んだ。真奈の顔を見て、中にいた三人の女子たちは、一斉に口をつぐむ。どうしようか、と考える。文句のひとつでも言ってやろうか。あえてなにも言わずにいるか。

「なにが違うの」

口をついて出たのは、そんな言葉だった。私とあなたたち、なにが違うの。みんな私と似たような、汚い人間のくせに。

真奈の意図を理解してか、女子たちは顔を見合わせると、焦ったようにトイレを出て行った。佇《たたず》んでいると、それほど遠くない廊下から、彼女たちの笑い声が再び聞こえてきた。

私の罪とはなんだろう。悪口くらい、私だって言われている。誰だってそうだ。陰口をたたかれたことのない女子なんて、いるのか？　私は我慢している。嫌だけど。あんなやつらにこそこそとこき下ろされるなんて、死ぬほど嫌だけど、でも……。

そこで、ふつりと糸が切れた。

真奈は手洗い台のふちに両手をかけ、徐々に大きくなる呼吸を繰り返した。

虫が私を憎んでいたとして、なんの不思議もない。

最初から、真奈は心の奥底で、虫に刺されてもおかしくないだけの瑕疵《かし》が自分にあると認めていた。しかし、その考えを受け入れるわけにはいかなかった。自分のなにかを守るために目を逸らし、不安だけが育っていった。

私が刺されるのは、これからなんじゃないか？

心優しい榎本美結は、ボールペンで三センチ刺された。もっと鋭いもので、もっと深く、虫は私を刺すつもりじゃないか。知実は未成年で、美結は軽傷だ。きっとすぐに自由の身となるだろう。美結を先にやったのは、その後にもっと大きな計画が控えているからじゃないか。知実は、みんなを刺すつもりなんじゃないか。だとしたら、一番深く刺されるのは、私だ。

真奈は、不安の中で作り上げたその想像を、信じ始めていた。

鏡に映る顔には、暗い隈が浮かんでいる。今夜もまた、虫に刺される夢で目が覚めるのだろうか。

☆

高木《たかぎ》亜梨奈《ありな》の涙は澄んでいた。アイメイクもファンデーションもつけられていない肌の表面。涙は不純物にまみれることなく、なめらかに滑り落ちる。

化粧をしないのは当然だ。だって、自分はまだ高校生なのだから。一部のイタいギャルなんかとは、一緒にしないでほしい。

そのようなことを考えながら、亜梨奈は左手の指先にはさんでいた煙草の火を、乾いたアスファルトに押し付けた。右手では、スマートフォンの画面を絶えずスクロールし続けている。追いかけているのは、彼女の高校名を入力した、ツイッターの検索結果だ。加害者である知実を擁護するつぶやきの羅列に、亜梨奈は小さく鼻を鳴らし、微笑む。

知実を追い詰めたあの女を、私は絶対に許さない。

昼休み、学校裏の人気《ひとけ》のない公園で、制服姿で煙草を吸いながら、彼女は虫のために泣き、笑っていた。

高木亜梨奈は、小野寺知実の唯一の友人だった。高校に入って初めてのクラスで、なかなか親しい友達ができず焦っていた亜梨奈が、同じくひとりでいることの多かった知実に声をかけたのがきっかけだ。

知実に対し亜梨奈が抱いた最初の印象は、正直あまり良くはなかった。知実は無口だったし、おしゃれだとか可愛いなどとはとても言い難い雰囲気をまとっていて、一緒にいて自慢できるようなタイプでは決してなかった。それでも行動を共にするうちに、ふとした瞬間に知実がもらす若干浮世離れした言動を、愉快に感じるようになっていった。人見知りだが話好きな亜梨奈が熱心に語るドラマや漫画の感想、家族の愚痴などを、真剣に聞いてくれることも嬉しかった。

だんだんと、知実のほうも亜梨奈にごく個人的な話をするようになっていった。教師である父親は短気な人で、家にはいつも緊張した空気が流れていること。母親は気が弱く、父の理不尽にもひたすら黙って耐えていること。仲の良かった弟がいるが、中学に上がったあたりから、自分を嫌うようになったこと。

穏やかな家庭環境に育った亜梨奈にとって、知実の話す家族の不和は新鮮に響いた。「つなぎ」のために妥協して作った地味な友人だったはずの知実が、いつしか自分の知らない不幸を背負った特別な存在へと変わっていった。そうした不幸を打ち明けられる関係性に、亜梨奈は強い魅力を感じていた。

ちゃらちゃらした派手な子たちの上面《うわつら》だけの友情じゃなくて、私と知実は、本物の親友だ。

一年間、ふたりの友人関係は平和に続いた。二年生に上がりクラスが分かれたとき、亜梨奈は大層悲しんだが、たとえクラスが変わっても、ふたりの関係はずっと変わらないと、彼女は心から信じていた。しかし二年生になってすぐ、その予想は大きく裏切られることになった。亜梨奈に新たな友人ができた。

「亜梨奈……」

教室に戻った亜梨奈を、友人たちが出迎えた。気遣わしげに向けられる視線に、亜梨奈はどこか疲れたような、弱々しい微笑みで答える。

「ごめん、ちょっと、外行ってた」

「……煙草でしょ。匂いするよ」

「ごめんね」

「ううん……でも、身体に悪いし……。ねえ、みんなで話してたんだけどさ、うちらにできること、あったら言ってね。無理して、ストレス溜《た》めこまないで」

「うん。ありがとう」

頷きながらも、亜梨奈はその声にかすかな拒絶をにじませる。かすかに、けれど相手にも伝わるように。それをきちんと読み取った友人が、語気を強めた。

「本当に、ね？　亜梨奈、自分を責めちゃ駄目だよ」

「……でも、やっぱり知実のことは、私のせいだから」

まるで知実が死んだみたいだ、と、亜梨奈は思った。まあ、知実が死んだのだったとしても、同じ状況になっていたかな。

「違うよ。あの松井とかのグループのせいでしょう。うちらは亜梨奈の味方だから」

二年生になってできた友人たちは、華やかで洗練されていた。髪形に話し方、制服の着崩し方、そのどれもが、亜梨奈にとっては最高に素敵に思えた。それでいて、亜梨奈の嫌うギャルのように、うるさく騒いだり、校則を破ったりはしない。明るくおしゃれな優等生。完璧だ、彼女たちこそが自分の求めていたグループだ、と、亜梨奈はすぐに知実を忘れた。知実を思い出したのは、彼女のクラスと合同で行われた体育の授業で、久しぶりに顔を合わせたとき。知実は「虫」と呼ばれていた。

——ヤバいね、虫の動き。

亜梨奈たちの隣に立った派手な女子生徒が、そう言った。創作ダンスの授業、知実の班が、教師の前で振り付けの確認を行っていた。「虫」が誰を指しているのかは、残酷なほど明らかだった。班の他のメンバーと比べ、奇妙に歪んだ知実の動きは、遠目にもはっきりと目立っていた。

決して大きな声ではなかった。しかしその嘲笑交じりの声は、微振動のように広範囲に、聞く者の胸に暗く響いた。

——ほんと、人間に見えない。

知実が高く足を上げたとき、ひときわ化粧の濃い女子がそう言った。亜梨奈は後から知ったことだが、それが松井真奈だった。彼女の声には、嘲りとはまた違う、隠すつもりもないのだろう強い嫌悪の色がにじんでいた。

——ねえ、あの子ってさ。

ささやくような声で、新しい友人のひとりが言った。

――亜梨奈、仲いいんじゃなかったっけ。確か、友達だったよね。

彼女がどんな意図をもってそのようなことを言い出したのか、亜梨奈にはわからなかった。友人を酷く言われた亜梨奈が傷ついていないか、気遣ったのか。酷いことを言う真奈たちに、抗議をするつもりだったのか。他に友人もいなそうな知実を仲間に引き入れ、庇《かば》うつもりだったのか。

それは、いくらでも好意的に解釈できる言葉だった。しかし亜梨奈は、肩をすくめた。

――同じクラスだったの。悪い子じゃないんだけどね。

けど、ね。

そう苦笑いを浮かべた瞬間、亜梨奈は知実が虫と呼ばれても仕方のない人間だということを暗に受け入れた。そして、虫と友人だったというネガティブな印象を断つために、かつての友情も切り捨てた。

不幸な友達がいるっていうのはロマンチックなメリットだったけど、それが虫なんて呼ばれるレベルになっちゃうと、今後の私のイメージなんかを考えたとき、ちょっとデメリットの方が大きいかな。

亜梨奈はそれらの計算をすべて意識の届かない心の奥底で済ませ、少しの罪悪感も覚えることのないまま、再び知実を忘れた。次に知実を思い出したのは、榎本美結が刺された、その夜だ。

　全国ニュースとなったその事件を友人からのＬＩＮＥで知ったとき、亜梨奈は咄嗟《とっさ》には、自分の立ち位置を決めかねた。

　これは、かかわらない方がいい案件かな。美結って子は良く知らないけど、きっと知実を虫と呼んでいたギャルのひとりだろう。どうやら死んでないみたいだし、そこはどうでもいいか。でも、クラスメイトを刺す、なんて、すっごく刺激的な話。知実と一番仲良しだったのは私だもの、みんなに色々聞かれちゃうかな。そしたら、どんな物語で答えよう。暗くてヤバい子だったと言うべきか、お家《うち》に問題がある可哀想な子だったと言うべきか。どっちのほうが、より安全に私が目立てるかな。

　すぐに事件について検索し、亜梨奈はネット上の風潮が、知実に同情的な方に傾いているのを知った。いじめの被害を受けていた、可哀想な女の子。そうそう、だってあのギャルたち、知実を虫とか呼んでたもんね。酷い、許せないよ。

　それなら、と、亜梨奈は自分のスタンスを決めた。自室のベッドに横たわりながら、軽い指さばきでスマホにメッセージを打ち込む。

　――どうしよう、私、知実がそこまで追い詰められてるなんて知らなかった。全部私の責任だよね。

そう時間をおかずに、返信が届いた。亜梨奈のせいじゃないよ。自分を責めないで。大丈夫？　今どこにいるの？　そっちに行こうか？

廊下で、松井真奈とすれ違った。学年で一番濃い化粧を、見間違えるはずがない。亜梨奈はすかさず、憎しみをもって彼女を睨みつけた。本人には、気づかれない角度で。一緒に歩いていた友人が、そっと亜梨奈の肩に触れる。思いやりの込められた、温かい手だ。亜梨奈はそれを、当然のものとして受け入れた。

いつしか亜梨奈の中で、知実に対する気持ちは真実になっていた。自らを責める亜梨奈を、周りの友人たちや家族は心から心配してくれた。周りに注目され同情を集めるほど、彼女の知実への友情はかつてを上回る勢いで補完され、強固なものになっていった。

私の一番の親友、知実を追い詰めたあいつらを、私は絶対に許さない。

そう信じながら、決して認めはしないだろうが、高木亜梨奈は幸福だった。悲劇のヒロインの親友。こんなに安全に楽しめるポジションが、他にあるだろうか。注目、同情、心配、自分に注がれるそのどれもが心地良い。彼女にとって、他人とは自分の世界に現れる登場人物、キャラクターでしかなかった。その一個一個に人格が宿っているなんて、想像したこともない。

知実って、なんて私を楽しませてくれる子だろう。

どこまでも自分を中心とした夢の中に、高木亜梨奈は生きていた。いつしか自分自身さえもそのキャラクターに成り下がっていたとして、そんなことは彼女にとって、大した問題ではなかった。

☆

「私のせいなんです」

榎本美結は、心の底からそう訴えた。

「こんな……大事《おおごと》になんて、しないでください。私が先に知実ちゃんを傷つけたんです」


榎本美結が、クラスメイトの小野寺知実と初めてまともに言葉を交わしたのは、四月の最終日、放課後。南校舎の三階にある図書室でのことだ。あまり力の入れられていない広さと蔵書量の図書室でも、美結にとってその場所は、誰にも話したことのない密《ひそ》かな夢をそっとはぐくむことのできる、大切な場所だった。

その日も美結は、彼女の定位置、図書室の一番奥の、忘れ去られたような長机で、作業を続けるつもりだった。友人の誘いを両手を合わせてなんとか断り、ひとり人気のない南校舎を駆けあがる。良く晴れた、風の強い日だった。軽く息を切らしながら扉を開けると、名残りのような桜吹雪が、三階の窓辺にまで吹き込んできていた。

窓を閉めよう、と足を向けた。そのとき、本棚の間から、美結のいつもの長机に座る、髪の長い人影を見つけた。周りのすべてから身を守ろうとするかのような猫背に、美結は見覚えがあった。

「小野寺さん?」

問いかけに、その人はゆっくりと振り返った。夢見るような瞳と目が合う。小野寺知実だ。

「めずらしい、こんなとこで会うなんて。小野寺さん、本好きなの?」

嬉しくなって、美結はつい声のボリュームを上げた。まったく人気のない図書室では、他の生徒の姿を目にすることも稀だ。顔見知りの生徒に偶然会うなんて、初めてだった。しかし、美結の興奮とは裏腹に、知実はぼんやりとした瞳のまま、かすかに首を傾げた。

「あの……ごめんなさい、誰ですか?」

知実の反応に、美結は素直に驚いた。高校二年に上がり、新しいクラスで知実と一緒になって、もう一月《ひとつき》が経つ。美結は、自分は人見知りとは無縁の性格だと自負している。どんな場面でも仲の良い友人はすぐにできたし、いわゆる「仲良しグループ」の外に位置する人間とも、気軽に言葉を交わすことができた。知実とも、軽い世間話程度なら、何度かしたことがあるはずだ。

「あ、えっと、こっちこそ急にごめん。私、榎本美結。同じクラスだよ」

「え……そうですか」

小野寺知実はかすれた声でそう言うと、会釈するように顎を引いた。本当に、美結のことを覚えていなかったようだ。一月もの間、同じクラスに所属する誰かに認識されていなかったなんて、美結には初めての出来事だった。しかし、不快な気分にはならない。むしろ、新鮮な反応を見せた知実に、少しの興味を抱きはじめていた。

「うん。私、よくここに来るんだ。勉強とかするのに、静かだし。小野寺さんは、なにか読んでたの？」

少し図々しいだろうか。そう心配しつつ、美結は知実の座る席から椅子ふたつ分を間にはさんで、テーブルの上に荷物を下ろした。ちらりと視線を向けた知実の前には、一冊の本と、数枚のルーズリーフが広げられていた。

「私は、小説を書いているんです。小説家を目指しているので」

知実の言葉に、美結は一瞬、息を止めた。「そうなんだ」、と相づちを打ちながら、胸に手を当てる。心臓が速く鳴りだしたのがわかる。

「あの……実はね、私も、なりたいものがあるの。私は、脚本家を目指してるんだ。子供の頃から、テレビドラマとか、好きで……」

それは誰にも、家族にも、ごく仲の良い親友たちにも話したことのない、美結の秘密の夢だった。秘密にしていたのは、自信がなかったからだ。そんなの叶うはずないよと諭されたら、自分には反論ができない。そこでこの夢は終わってしまうと、不安だった。それをこんなに簡単に、今日初めて自分の名前を伝えたクラスメイトに打ち明けるなんて、と、美結は自分自身に驚いていた。

きっと、素敵だと感じたからだ。自分の夢を、少しのためらいもなく口にできる知実のことを、強い人間だ、と思った。そんな彼女が羨ましいと。

「なれるといいですね」

かすかな笑みを見せながら、知実は頷き、髪を揺らした。

「うん。お互い、頑張ろうね」

そう口にした瞬間、美結は胸の奥に、温かい気持ちが広がるのを感じた。頑張ろうね、と笑いあえる友達ができた。多くの友人に恵まれている美結にとっても、知実はその瞬間から、特別な存在となった。

それからは週に一、二度、ふたりは放課後の図書室で顔を合わせるようになった。約束を交わしたわけではない。一度も会わない週が続くこともあった。だからこそ、時間を見つけて図書室の扉を開けるたび、美結は本棚の向こうに知実の姿を期待するようになった。

会えたときには、執筆の合間に、小さな声でおしゃべりをした。今まで口をつぐんできた夢について話せることが、美結は嬉しくてたまらなかった。子供の頃大好きだったアニメの話、涙を流して見たドラマの話、そのどちらにも同じ脚本家が関わっていたことを知り、初めてその職業を意識したこと。大学進学を期待している両親にはまだ相談できていないけれど、高校を卒業したら、すぐにシナリオスクールに通いたいと思っていること。

そんな話を、知実はいつも穏やかな表情で聞いてくれた。そして少しずつ、知実も自分自身の話を打ち明けてくれるようになった。

「私は、父が小説家なんです」

あるとき、一等声をひそめて知実が言った。

「え、そうなの！　すごい！」

美結は両手を唇に当てて、驚きの声をなんとか抑えた。はい、あまり有名じゃないみたいですけど、と前置きして知実が口にしたのは、美結も聞いたことのある、著名な推理小説家の名前だった。

「だから、物心ついたときにはもう、何百って数の本に囲まれてました。ひとりっこで、周りに子供もいなかったので、本を読むのが一番の遊びだったんです。父の影響もあって、自然と自分でも、小説を書くようになっていました」

「すごい……本当に、すごいね」

美結は机に身を乗り出して、感嘆のため息をもらした。知実の話した家庭環境は、彼女のどこか浮世離れした雰囲気に説明をつけた気がした。

知実の持つ、独特な雰囲気――それはもちろん彼女の個性ではあるのだけれど、あまり明るい印象は与えないその雰囲気のせいで、クラスメイトたちは彼女を遠ざけている、と、美結は考える。知実の表面的な振る舞いだけを見て、彼女を陰で「虫」と呼ぶ生徒がいることにも、気がついていた。だから美結は、教室にいるときはひときわ大きな声で、「知実ちゃん」と彼女に呼びかけるようにしていた。おかしなイメージを持たずに話をしてみれば、皆知実のもつ穏やかさや、静かな強さを好ましく思うはずなのだ。

「ねえ、知実ちゃんのお父さんのこと、私、他の子にも話していいかな?」

父親が著名な作家である、という情報が広まれば、今はマイナスに傾いている知実の印象を見直す子が増えるのではないか。そんな期待から、美結は尋ねた。しかし知実は困ったような笑顔で、黙って首を横に振るのだった。

学校が夏休みに入った。美結は所属している英語部の活動や、家族や友達との旅行の合間に、少しずつ脚本の執筆を進めていた。本を書いていると、ふと知実に会いたくなる瞬間があった。何度かＬＩＮＥを送り、遊びの誘いをかけてみたけれど、知実からの返事はいつも数日が経った後で、「ごめんなさい、今は忙しいです」というそっけないものばかりだった。多少の寂しさは感じつつ、きっと知実も今頃頑張っているのだろうと思うと、やる気が出た。休み明けにまた図書室で会えたら、互いの進捗状況を確かめ合うのもいいかもしれない。そういえば、自分たちはまだお互いの作品を見せ合ったことがない。自分の書いたものを人に見せるなんて恥ずかしくてたまらないけれど、知実にだったらぜひ見てもらいたい、と美結は思った。

そして、知実がいったいどんな小説を書くのか見てみたい。休みが明けたら、頼んでみよう。

九月に再会した知実は、なにやら顔色が優れなかった。

もともと血色の良いほうではない。けれど、窓辺の長机に差し込む高い空からの日に照らされてなお、その頬は薄青く、目の周りにはぼんやりと暗い隈ができていた。体調を気遣う美結に、知実は「寝不足みたいです」と微笑んだ。いつもの知実の穏やかな笑みに、きっと、集中して小説を書いていたせいだろう、と、美結は納得することにした。

休み前と同じように、ふたりは同じ長机で、それでも少しの距離をとって、それぞれの書き物を広げていた。休み中のできごとや二学期に控えた行事について、軽い世間話を終えた後、美結は切り出した。

「ねえ、知実ちゃんが嫌じゃなかったらでいいんだけどね、私、知実ちゃんがどんな話を書いてるのか読んでみたいんだ。それで、できたら私が書いてるのも見てほしい。アドバイスとかもらえたら、嬉しいなって」

「いいですよ」

少しのためらいも見せず、知実は答えた。差し出された一枚のルーズリーフを、美結は両手で受け取る。

「ありがとう」

そして目を落とした紙の上、並んだ文字列を読んだ。最初の一文は、昨日の日付から始まっている。そして、続くほんの数行を進んだ時点で、美結は気がついた。

これ、脚本だ。

人物の動きをメインにした、箇条書きのような柱。明らかに、小説とは異なる体裁だ。どうして、と、美結は一瞬、頭が真っ白になった。視線を上げ、知実を見る。知実はいつもの夢見るような瞳で、真っ直ぐ美結を見返した。

「えっと……あれ、これって、脚本だよね」

「はい」

知実は迷いなく顎を引いた。美結は混乱する頭で、なんとかその意図を読み取ろうと考える。

「それって……どうして？」

「私、脚本家を目指してるんです」

「え！　でも……小説家じゃなくて？」

「はい」

「そうだったんだ……知らなかった」

いつ、夢を変えたのだろう。

知実の夢は知実のものだ。いつ、どんな動機でそこに変更を加えようと、誰に断りを入れる必要もない。そうわかってはいても、美結は尋ねずにはいられなかった。

「もう、ひとこと教えてくれたら嬉しかったのに。でも、どうして夢を変えたの？」

美結の問いに、知実は曖昧に首を傾げた。少し待ってみたけれど、知実の口から説明、あるいは弁明が出てくる気配はない。美結は一瞬、胸に暗い気持ちが広がるのを感じ、けれど、すぐにそれを振り払った。

同じ夢を目指せるのは、嬉しいことだ。

「じゃあ、これからも一緒に頑張ろうね」

美結はそう、自分に決着をつけた。笑顔を作った美結に、知実は「はい」と頷いた。

でも、どうして夢を変える気になったのだろう。

知実と別れ帰路についてからも、美結の疑問は拭えなかった。子供の頃から本に囲まれ、小説家の父親の影響を受けて育った。脚本と言えば、物語を作るという点では小説と似ていても、描き出すのは映像の世界だ。その軌道修正には、それなりの理由があるように思えてならなかった。

どうして理由を教えてくれないんだろう。

知実は自分に、あまり心を開いてくれない。それは以前から、薄々とは感じていたことだった。図書室で会ったときには、おしゃべりに付き合ってくれる。クラスメイトには秘密の父親の話も、美結には教えてくれた。しかし、話を始めるのはいつも美結の方からだったし、図書室以外で会おうという遊びの誘いも、いつも美結からの一方通行で、結局実現したことはない。

心を開いてくれていたら、脚本家を目指そうと決めた時点で、私に教えてくれたはず。だって、先に脚本家になりたいと言ったのは、私なんだから。

子供っぽい理屈だと、わかっていた。しかし、どうしても割り切れないもやもやした気持ちが、時間の経過とともに少しずつ膨らんでいくのを止められなかった。「一緒に頑張ろう」と微笑んだ瞬間の気持ちが、どんどん嘘になっていく。

このままでは、知実のことを嫌いになってしまうかもしれない。そう思うと、美結は不安になった。彼女を嫌いにはなりたくない。できることなら、自分の言葉を真実にしたい。翳りのない純粋な気持ちで、一緒に夢を追いかけたいのだ。

そのためには、少し、彼女とは距離を置いた方がいいのかもしれない。ほんの少し、短い時間だけだ。もうほんの少し、この気持ちが落ち着くまで。

あれが、知実を傷つけたのだ。

病院のベッドでひとり天井を見つめながら、榎本美結は確信していた。

図書室で会話を交わした翌日、美結は教室で会った知実に「知実ちゃん、あのね」、と切り出した。そして、「しばらくのあいだ部の活動が忙しくなるから、これからあまり図書室には行けなくなると思う」と、伝えた。

そのときの知実の顔を、美結は今でも覚えている。いつもと変わらない、ぼんやりとした目。そこに一瞬、恐怖のようなものが走った。その数時間後の休み時間、知実は、美結を刺した。

きっと、知実ちゃんは見抜いたんだ。私の嘘を。

同じ夢を一緒に目指そうと言った美結が、嘘をついて離れようとしていることに気がついた。もしかしたら、その裏にある彼女の暗い感情——醜い嫉妬にも、気がついてしまったのかもしれない。一目見ただけで読み取れてしまった知実の書いた脚本の緻密さに、美結は尊敬ではなく、嫉妬を覚えた。

脚本家の夢は、私のものだったのに。

そして、咄嗟に知実から遠ざかりたいと思ってしまった。知実はショックだったに違いない。病院でやっと状況を把握した後、美結はそう解釈し、納得し、受け入れた。

そんなことで？　と、大人は驚くかもしれない。でも違う。そんなことなんかじゃ決してない。私たちにとって、夢とは命と同じくらい、大切なもの。だからこの傷は、私が受け入れるべきものだ。

早く知実に謝りたい。それが、今の美結の、一番の望みだった。

☆

姉の部屋に入るのは何年ぶりだろうか。

知実の匂いの強く香る部屋に足を踏み入れ、小野寺絵実《えみ》は懐かしい思いにとらわれた。

白いカバーのかかったベッドに、木製の勉強机。幼い頃はよくこの部屋に出入りして、本棚の漫画本を読ませてもらった。優しい姉は、絵実が勝手にベッドの上でくつろいでいても、嫌な顔ひとつしなかった。それももう、数年前の話だ。東の壁に貼られていたアニメのポスターが、いつの間にか剝がされている。

絵実はベッドの上に浅く腰かけ、一度気持ちを落ち着けた。しんと静まり返った家の中では、電化製品の立てる低い稼働音がやたらと耳につく。両親は、姉の起こした事件の対応に追われていた。警察署、その次は病院。ごく一般的な人生を送ってきた、平凡な会社員である両親にとって、娘の行動による心身へのダメージは計り知れない。知実の妹である絵実もまた、事件により憔悴《しょうすい》していた。知実がいじめにあっていた、という情報が広まったことにより、加害者側であるはずの自分たちへの世間の風当たりが弱まったことと、被害者である女子生徒が、刑事告訴の意向はない旨をすぐに伝えてきたという点だけが、救いだった。

お姉ちゃん、いじめられてたなんて、知らなかった。

知実と絵実は、仲の良い姉妹だった。二歳年上の知実のことを、絵実はそれなりに慕っていた。姉とは違い気の強い性格の絵実にとって、大人しい知実は遊び相手としてはだんだんと物足りなくなっていって、昔ほど一緒にいる機会はなくなったけれど。

それでも、絵実はここ一、二年での、姉の変化には気がついていた。知実が高校に入学したあたりから、その変化は始まった。前日に交わした会話をまったく覚えていなかったり、明らかにバレバレの嘘を、平気な顔でつくようになったり。

あれはもしかして、いじめが始まって精神的に追い詰められたことによる、ストレスの影響だったのかもしれない。思い返してみればつい最近も、夜、良く眠ることができないとこぼしていたことがあった。あのとき、もっと自分が気にかけていたら……。

絵実は後悔していた。姉が発していた信号を、自分は見落としてしまっていた。自分にできることが、なにかあったかもしれないのに。知実の部屋を訪れたのは、そんな気持ちからだった。姉が何を考えていたのか、今からでも知りたい。刑事告訴はされなくても、被害者には慰謝料や示談金を払わなくてはならないと聞いたことがあった。姉の罪が少しでも軽くなるようななにかを見つけられたら、両親の苦労も、幾分か軽くなるのではないか。

絵実は立ち上がり、まず、姉の本棚へと足を向けた。日に焼けた漫画本が数冊に、中学、高校の教科書、なにかの専門書。適当に手に取った教科書は、いずれも綺麗な状態で、ひどい言葉の落書きなどは、ひとつも見つからなかった。次に手を出した専門書には、いくつか付箋《ふせん》が貼られていた。そのタイトルと、付箋のページに書かれた内容に、絵実は一瞬引っかかるものを感じた。事件とは関係のなさそうに見えるそれを、なんとなしに手にしたまま、絵実は知実の勉強机へと移動した。

机の上は、綺麗に片付いていた。ペン立ての中に、いつか絵実がプレゼントした水玉模様のボールペンを見つけ、やりきれない気持ちになる。そちらに注意を向けたまま開いた引き出しの中に、絵実はまた、気になるものを見つけた。

透明なバインダー。中には、ルーズリーフの紙束がぎっちりとまとめられている。知実は勉強熱心だった。少なくとも絵実よりは。だから、姉の所持品として沢山のノートが出てきたところで、なにも不思議なことはない。しかし、そこでまた、絵実は自分が今手にしている本の存在が気になった。不気味な雰囲気で描かれたその表紙を、机の上に伏せて置く。意識して一呼吸をつき、バインダーに手を伸ばす。なぜか、鼓動が速まっていた。

見た目よりもずっしりと重い、それの背表紙。

そこには、繊細な字体でタイトルが書かれていた。『夢日記』、と。

『十月一日、父と母が喧嘩。弟に相談するも、無視される。弟だけ、なぜか外国人』

『二月十二日、亜梨奈ちゃんと部屋で勉強。最近肌が緑色になってきたと相談される。病院に行くように勧めたら、他人ごとすぎると怒られた』

『四月二十五日、学校の図書室でアルバイト。本棚の本を全部手書きで写す作業。月・水・金の放課後だけで、月給二十万円くれるという。疑わしいので契約書を書いてもらったのに、火事で燃えた』

『四月三十日、小説家の父から、二世を目指せと命令される。クラスの榎本さんが見張りとしてついてくる。アルバイトをしながら、小説を書いているふりをする』

タイトルを見た時点で、そこにつづられている「日記」に真実はないと、絵実は気がついていた。パラパラとページをめくり、確信した。これは、知実の見た夢を日記に記したものだ。いつか知実とふたり、夢と頭脳に関する謎がオカルトチックな視点を交えて紹介されているのを、テレビの番組で見たことがある。そこに登場した「夢日記」に、知実は強い興味を見せていた。そして、机の上の本。冗談のようなタイトルは、『夢の中の自由な世界』。

馬鹿じゃないの、と思った。まさか、と呟《つぶや》きながら、絵実は付箋の貼られたページをめくり、その内容を改めて確認する。「見たい夢を見る方法」から、「夢日記の注意点」、そして、もっとも多くのアンダーラインが引かれたページには、「夢日記・こんな症状が現れはじめたら要注意！」とある。

健忘、倦怠《けんたい》、寝不足、夢と現実の区別がつかなくなる。その項目は、ここ一、二年姉が見せていた症状と面白いくらいに一致する。めくったページの先に、小さな手書きのメモを見つけた。『日記の止め方がわからない』。

絵実は本を閉じ、震える息を吐き出した。姉は既に、夢に取り込まれていたのでは？　誰に嫌悪されても、誰に利用されても、誰に好意を寄せられても、現実の刺激は姉へは届かず、彼女はただひたすらに、自分の夢の中に生きていたのでは？

日記は、事件のあった前日の日付――おそらく、当日の朝に書かれたもの――で終わっている。

『九月一日、大きな毒虫のふりをして生きていくことになった。変身は完璧で、みんな私を虫と呼ぶ。正体がばれたら、世にも恐ろしい目に遭うらしい。気を付けなければ。もし、私の正体に気付く者がいたら、頭の毒針を使うことも辞さない』

絵実はそのページを破り取り、小さくたたんでスカートのポケットに押し込んだ。細かくちぎって捨てようと思った。いや、コンロで燃やした方が確実か。

もし知実の犯行が、ひとりオカルトに傾倒した末の暴走によるものだと知れたら、今、世間から寄せられている同情は、一瞬でその声色を変えるだろう。被害者の女子生徒だって、今と同じ気分でいてくれるとは限らない。この日記は、存在してはならないものだ。

でも、きっと大丈夫だ。汗ばむ右手でポケットを押さえつけながら、絵実は思った。

誰も気付くことはない。ただ黙っていればいい。皆、自分の描いたストーリーを信じて生きている。皆、各々が信じる夢の中で、生きているのだから。

サメの話

昔はサメがこわかった。私が初めてサメを見たのは、たぶん映画の中、『ジョーズ』が最初だったと思う。私は五歳とか、六歳とか、たしか、その辺りだった。親がレンタルビデオ店で借りてきたのか、テレビで放送されていたのをうっかり見たのか忘れたけれど、人が血を流して残酷に殺されていくのを見たのも、たぶんそのときが初めてだ。私の初めてのサメ体験は、初めての殺人体験と一緒だった。だから、私にとってサメとはイコール人食いザメで、海の中のモンスター、怪物。陸地のゾンビや幽霊と一緒のカテゴリだった。

映画を見た後、しばらくこわくてつらかった。しばらくっていうのは、その後十年くらいの間だ。私は中学を卒業するという年まで、サメに怯えて生活していた。サメは海にいる。サメは川を溯《さかのぼ》ったりプールで人ごみに紛れたりお風呂にいつの間にか入っていたり小さく分裂して蛇口から出てきたりはしない。頭ではわかっていても、幼心に根付いた恐怖というのはなかなか消せない。水回りはすべてサメのテリトリーな気がしてこわかった。空中をすいすい泳いで人の頭に噛みつくサメの夢を見てからは、恐怖の領域はどこまでも広がった。

サメを克服したのは、水族館でサメを見たからだ。中学三年生の夏、修学旅行のスケジュールに、大きな水族館の見学が強制的に組み込まれていた。私はもちろん嫌だった、けれど、旅行には行きたい。その水族館には、サメは四匹いると聞いていた。私たちは一学年六十人。一匹頭二、三人食べられたとしても、生き残れる可能性は十分にある。恐怖と楽しみを天秤《てんびん》にかけ、私はサメに立ち向かうことを決めた。

そして私はその日、人を襲っていない、人を食べていない状態のサメを初めて見た。天井から人工の光が落ちる、幅広の大きな水槽だった。サメは揺れる光を背中に受けながら、水の中をただゆっくりと進んでいた。その周辺では、色も大きさもさまざまな魚たちがせかせかと泳ぎ、行きかっていた。サメは他の魚や私たちを襲ったりはしなかった。こちらを見ることもしなかった。サメとは恐怖の化け物ではなく、ただの、海の生き物だったのだ。

そして、恐怖は憧れへと一転する。私はサメがほしいと思った。サメを飼いたい。自分だけの空間に大きな水槽を置いて、あの素敵な生き物を泳がせるのだ。サメの実物を一目見てから、それは私の夢のひとつ、目標となった。

あれから十年。私の人生には、色々なことがあった。反抗期になったり、病気になったり、母が死んだり、父に勘当されたり、就活に失敗したり、病気が悪化したり、犯罪に手を染めたりした。本当に、色々なことがあった。それでも私の中のサメを飼いたいという思いだけは、十年間一度も揺らぐことはなかった。サメは望んだ誰しもが飼える生き物ではない。ザリガニやクワガタとは違って、本体にも設備にもその維持にもたくさんのお金がかかる。お金を稼ぐには、社会ときちんと関わりをもって働かなくてはならない。サメを飼うという目標は、人生の混乱の中にあった私をなんとか正常に保ってくれる、大きな柱となっていた。

そして私は先日ついに、幅二メートル、高さ九十センチ、奥行き一メートルの水槽と、それを設置するための八畳のワンルームをゲットした。私はここで、ブラックチップシャークを飼う。

四畳半の部屋で、私は目を覚ました。万年床の上、スマホで時刻を確認する。午後二時。キャバクラでの仕事と諸々を終えて、帰宅して布団に入ったのが朝の五時くらいだったから、九時間は眠っていたことになる。これまでの私だったら、ここからさらに二、三時間は粘る。眠っているときが一番幸せなのだ。でも、今はもう、私にはサメ部屋がある。それを思い出して、すぐに布団を撥ねのけた。

サメ部屋は、職場であるキャバクラの近くに借りている。繁華街の真っただ中、ぼろぼろのビルばかりが立ち並ぶ一角の、なかでも飛びぬけて老朽化の目立つ灰色のビルだ。二階と三階にはよくわからないテナントか事務所が入っている気配はあるけれど、他のフロアはすべて無人で、私が借りた七階の一室に、今度サメが入る予定だ。今は、苦労して設営してもらったオーダーメイドの大きな空の水槽が、ただ静かに場所を占めている。今日はそこにライトとポンプを取り付け、ネット通販で買った底砂を持ち込んだ。ブラックチップシャークは、近くのアクアリウムショップで海外から輸入してもらう手はずになっていて、二週間後に到着予定だ。

毎日出勤前に、すこしずつ受け入れの準備を進めている。一番しらふで正気を保っている時間が、出勤前だからだ。

水槽を眺めてぼんやりしていたら、すぐに時間が経ってしまった。サメの目を守るために取り付けた厚手のカーテンを開くと、狭い空は濃いオレンジ色に染まっていた。昔は日暮れが好きだった。でも、キャバクラで働き始めてからは、太陽が沈む頃は一日のうちで一番嫌いな時間帯だ。夕焼けを見ると憂鬱になる。私は自分の仕事が嫌いだ。

「ほんと、生産性のない仕事っすよね。将来とか、どうするつもりなんすか」

最初に付いたテーブルで、死んだ目のスーツの客に言われた。もしかしたら年下かもしれない彼は、常連の上司に明らかにいやいや連れてこられ、上司のお気に入りの女の子が付くと同時に、テーブルの端っこに追いやられていた。本当は家に帰ってゲームとかネットとかやりたそうなタイプに見えた。あるいは、死んだように眠りたいのか。

「一緒に死のうか」私は言った。

「え？　はあ……」

若者は一瞬目を丸くしたけれど、すぐにまたなにもかもどうでもよさそうな死んだ目に戻った。私も彼もこんな所にいたくないのに、どうしてふたりしていやいや膝を突き合わせているのか。

「まあ、お互い仕事だしね」

「はあ……」

「元気出せよ」

常連といちゃいちゃ話し込んでいたキャストのひとりが、ちらりとこちらに視線を向けた。先輩のリノさんだ。お客様とタメ口で喋《しゃべ》るんじゃねえよ、と、ついこの間も怒られたばかりだったと思い出す。リノさんはプロ意識のきちんとした人で、私のような不真面目でやる気のないしょうもない同僚が我慢ならないのだ。私は「竹田《たけだ》さん、すてきなネクタイー」となけなしのアニメ声を張り上げた。怒ったリノさんは最高に怖い。竹田さんは、「オレ、小林《こばやし》です」とため息を返す。

「本当に、虚《むな》しくならないすか。こんな仕事」

「だって、お金がほしいんだもん」

「お金って、そんな要りますかね？　なんに使うんすか」

「サメ代がいろいろかかるんだ。初期費用だけで百万円はしたし、サメ部屋の家賃とか水槽の維持費とか電気代とか餌代で、月三十万は見ておかないと。だから、毎日働いても私は貧乏」

「サメ？」

「うん。ブラックチップシャーク」

「ちょっと、言ってる意味がわかんないっす」

「ツマグロ」

「え、なんか……大丈夫っすか？　ほんと意味わかんないんすけど。酔ってます？　つーかなんか、やばいクスリとかやってそう」

ぎくりとした。私はわりと、自分の中だけで完結した内容を話してしまうクセがあって、話が支離滅裂だとつっこまれることが多い。そしてアルコールに弱いので、今、一杯目のお酒ですでに若干酔い気味だ。そして薬もやっている。彼の言っていることは、すべて当たっている。

「ちょっとスズちゃん、お客様に失礼なこと言ってないー？　ごめんなさいねー、この子、ちょっと不思議ちゃんなんですよー」

小林さんの戸惑う空気を感じ取ったリノさんが、常連に胸を押し当てながらこちらに助け船を出してくれる。さすがこの店の一番人気だ。色仕掛けと気配りと牽制《けんせい》を同時にできる。私がリノさんレベルのキャバ嬢だったら、サメを二匹飼えたのに。

「スズさん、すみません、ご指名のお客様がいらっしゃいました」

タイミングよく現れたボーイが、テーブルの傍らに膝をつきささやく。私は「小林さん頑張ってね」と言い残し、席を立った。


ロッカーでドレスを着替えバックヤードを出たとき、最後のお客様のお見送りから戻ったリノさんとすれ違った。なにか言われる前に、お疲れさまです、と声をかけて逃げる。店を出る前に、カウンターの中で売り上げを数えていたマネージャーと目が合う。一年半前に系列店から異動してきた、中原《なかはら》という三十代の男だ。日焼けしたサンタクロースみたいな身体をしていて、スーツがすごく似合わない。中原は小さく顎を引いてみせた。私は周囲を見渡し、オーナーもリノさんもいないことを確認して、彼に近づく。

「お野菜一g《ワンジー》一万円だよ」

「二ください。お給料から引いて」

「はーい。気を付けてね」

中原はサンタさんがプレゼントを配るような気楽さで薬を売ってくれる。オーナーや他の女の子たちには内緒だ。でも、私の他にも客はいるはず。彼が店内でこそこそ営業している気配は、アイスとか野菜とかいう薬の隠語と共になんとなく耳に入ってくる。私は、彼がこの店に来た最初の週に「やばいほうのお薬買いませんか」、と声をかけられ、ちょうどそういうの欲しかったんですよーと二つ返事で顧客になった。本当に、ちょうどそういうのが欲しかったのだ。一時期通っていた心療内科の処方薬ストックが切れてきた時期だった。

中原が売ってくれるのは、いわゆる危険ドラッグとかいわれるケミカル粉をまぶしたハーブではなく、自然素材のナチュラルなものだ。だから身体に良いんだよ、というのが中原の営業文句だった。脳みそをぐるぐるさせたい願望に抗《あらが》えず定期購入を続けつつも、ヘビーユーザーにはならないくらいの自制と節度をもっていられてるのは、サメ費用を貯めたいから、という目標のおかげだ。サメのほうがずっと身体に良い。

サメ部屋は完成に近づきつつあった。その日私はサメ部屋の水槽に初めて水道水を張り、人工海水をブレンドして、海水魚のための水づくりを行っていた。しらふで、正気だった。と、思っていたのだけれど、なんとなく世界がふわふわしていた。まだ、お酒か薬かどちらかが身体に残っているのかもしれない。

私は窓を開け、錆《さび》が浮かぶ手すりに肘をのせた。目の前には、向かいのビルの裏側の壁にむき出しになったダクト。自然の風と、どこかの空調の室外機から吹く風が混じりあって顔に触れる。身体の位置を変えると、手すりの塗装が皮膚にくっついて剝がれた。今日は仕事が休みだ。私は自分の仕事が好きではない。でも、休みも好きではない。眠っているときは幸せだけれど、それにしたって限界がある。なんだか私って、わりとゴミみたいな人柄だと思っている。

いつからゴミになったのかしら、と考える。昔は素直で活発なよい子だったのに。思うに、思春期のホルモンバランスの乱れが人格に悪影響を及ぼしたり、同時期に経験したなにやらかが情緒不安定に拍車をかけたりして、自律神経がやられたのがいけなかった。悪いのは私の神経だ。ぜんぶ脳のせい。私は悪くない。

けれど、サメがくればすべてが変わる。私はサメのために働いて、サメとともに休日をすごす。サメのための時間なら好きになれるはずだ。サメのために薬もやめる。

来週にはサメがくる。私はきちんとした人間になる。

その翌日、店でリノさんを殴ってしまった。可憐《かれん》なビンタではなく、腰の入った拳だ。幸い私は力ない喧嘩素人で、リノさんは武闘派の元ヤンだったので、私の放った拳はリノさんの美しい顔ではなく鎖骨のあたりにのろのろぶつかっただけだった。

「ああ！　ふざけんなよ！」

激高したリノさんのカウンターパンチが私の頬骨に当たった。車にはねられたかと思う衝撃だった。その勢いで私はバックヤードの壁に頭をぶつけ、ずるずる崩れ落ちた。私のあまりの弱さにリノさんのボルテージはある程度下がってくれたようで、次のパンチは飛んでこなかった。そのかわり、怒鳴られた。

「あんたねえ、どういうつもりなの？　人のことなめてんの？　てめえがふざけた態度で仕事してるから、わざわざ言ってやってんだろうが」

接客態度について、注意を受けた。うちに来るお客様は飲食代以上に高いお金を払って、キャストとのコミュニケーションを期待してやってくるのだ。そのコミュニケーションを放棄するようなおまえの横柄な態度はなんだ？とのことだ。

リノさんは全面的に正しい。私は彼女の話をよく聞き、心を入れ替え彼女のプロ精神に倣うべきだ。けれど私には問題があって、それは私が、人から怒られることがきらい、ということ。

「うるせえよ！」しゃがみ込んだ体勢のままで怒鳴り返しながら、私は就職面接で人事と喧嘩して部屋を追い出されたときのことを思い出していた。私が社会人として、というか文明人として最低限の堪え性もないということを、どの会社の人事も的確に暴いた。私はアルバイトすら長続きしたことがない。働くことは嫌いじゃない。怠け者では決してないのだ。でも、だいたいいつでも主に私サイドの原因により、同僚や店長、上司に嫌われ離職した。私はちょっとしたことですぐに怒り、機嫌を悪くし、周りの空気も悪くした。自分の感情をコントロールできない。すべてはホルモンバランスと自律神経のせい。

「なんなの、あんた。もう店やめちまえよ！」

リノさんの叫ぶ声が頭の中に響く。残念だ。最近、うまくやれていたのに。サメを飼う計画を具体的に立ててから勤めだしたこの店では、不愛想だと遠巻きにされながらもそこそこ馴染《なじ》んでやれているつもりだった。客からイヤなことを言われたり先輩に怒られたりしたときはサメのことを考えて耐えた。なのに、今日は駄目だった。薬の飲み合わせが悪かったのか、生理周期のせいか。とにかく、ここも今日でおしまいだ。ならばおまえも道連れだ、とリノさんの鼻を潰すため立ち上がったとき、騒ぎを見ていたボーイが呼んだオーナーが私たちの間に入った。

ゼロ対十で私が悪いと思う。けれど、私の頬にはリノさんに殴られできた内出血。リノさんは無傷だ。それで喧嘩両成敗な流れになって、けれどうちの店にはキャストを成敗しているような余裕はないので、今回のトラブルはなあなあで水に流されることになった。

でも、リノさんの私に対する悪感情は決して水に流されることなんてないとわかっていたし、私は頬の痣《あざ》が化粧で隠せる薄さになるまで、数日は店に出ることができなくなった。困ったことだ。暗い気持ちに任せて、私は待ちかまえていたようなタイミングで声をかけてきた中原から、結局またお薬を買ってしまった。せっかくのサメのお迎えウィークなのに、収入は減るし出費はかさむし、気持ちは悲しい。

悪いことは続くものだ。悪いこと、悲しいこと。とても悲しいこと。

ブラックチップシャーク、和名ツマグロ。尖《とが》った鼻先をした、シャープなフォルムのサメだ。全体は灰色で、お腹《なか》は白。先端だけが黒い鋭い背ビレと、同じく鋭い大きな尾ビレをもっている。水族館で見たままの、いかにもサメらしいサメサメした姿。それが今、私の部屋の中にいる。

私は水槽に手のひらを押し当てて、水の中をゆるゆると進むサメを見つめていた。サメの冷めた目が、切り口のような細い口が、とがった胸ビレが、幾度となく目の前を通り過ぎる。もう、どれくらいこうしているだろう。カーテンの向こうが明るくなったり暗くなったりしていることはなんとなく把握しているのだけれど、仕事もなく世間とのつながりを切り離された私にとっては、もはや地球の自転よりもサメの回遊のほうが、時間の流れを感じられる身近な運動となっていた。

こうなってみると、仕事を休まざるを得ない怪我を負ってラッキーだったとも思えてくる。痣が薄くなるまでは、サメに付きっきりでいられる。

水の匂いを胸一杯に吸い込み、私はサメに向かって微笑んだ。とてもうれしかった。うれしくないはずがない。私はサメを得られたのだ。長年の夢が叶った。長年の、なんだかぐちゃぐちゃして手に負えない、理由も身も蓋もない無意味で不毛な混乱が報われた気がする。私はもう大丈夫だ。サメの存在が、私の脳にきちんと整理整頓された美しい秩序を与えてくれる。

本当は、『ジョーズ』に出てくるホオジロザメにも心引かれた。けれど、あのサメを水槽で飼うことは世界中の水族館が挑戦と失敗を繰り返している。成体の全長は五メートル前後。大きいものは七、八メートルにもなるという。個人が手を出せる生き物ではない。

その点、ブラックチップシャークは成長しても一・五メートル前後。大きいものでも二メートル弱だ。肉食魚の飼育はもちろん楽ではないけれど、病気などには強い分、きちんと手をかけて育てれば長く一緒にいられる。

飼い易さでいうなら、身体も小さく回遊しないネコザメやイヌザメも考えた。水底にじっと佇む大人しい性格の彼らなら、水槽のサイズはもっと小さいもので済んだはずだ。最初のサメに彼らを選んでいれば、経済的に余裕のない私でももっと早くにサメとの生活を始められていたかもしれない。

でもなあ、やっぱりサメは泳いでる姿がぐっとくるんだよなあ、みたいなことを連日何時間も考えているうちに、顔の痣は薄くなり、私は職場復帰の日を迎えた。

もちろん行きたくなかった。サメと離れたくなかったし、実質謹慎であることはばれの連休明けでの出勤なんて、気まずいのでばっくれたい。けれど、私はサメのためにイカやアジを買わなくてはいけないし、自分のために中原からお薬を買わなくてはいけない。

どうにか気持ちを奮い立たせたかったけれど、弾力のない精神はどこから叩いてもふわふわとまとまらなかったので、結局なにも考えずになに食わぬ顔で出勤した。更衣室、私のロッカーの鍵がなくなっていた。深く考えずに開けると、布切れが底に落ちていた。ネコザメ柄の、お気に入りのドレス。持ち上げて、あちこちにハサミが入っていることに気がついた。誰かが鍵を壊して、私のドレスを切ったのだ。

大声を出して暴れたい衝動が脳天を突き抜けて、そのまま煙のように消えた。被害にあったのはネコザメ柄のドレスだけで、その他の服やら靴やらは無事だったので、私はサメに噛みつかれた人の血の色のドレスに着替え、フロアに出た。後はただ、ボーイに導かれるままテーブルを渡り歩き、アニメ声と笑顔を振りまいた。一週間弱のブランクなんて、もともとクオリティの低い私の接客には影響がない。営業メールをしなくても指名をくれたりお金をジャブジャブ使ってくれたりする良客にだけ、言葉遣いに気をつければいい。

「顔色悪いけど、平気？」

トイレでたまたま一緒になったリノさんが言った。

たまたま、ではないのかもしれない。復帰直後の私を気遣って、声をかけるタイミングを窺ってくれていたのかもしれない。

私は黙って、洗面台の鏡に映る自分だけを見つめていた。

「飲むの久しぶりなら、あんまり無理しない方がいいよ。お酒の耐性、弱まってるかもしれないし」

「余計なお世話です。私のネコザメを切ったくせに」

「はあ？」

リノさんが美しい弓形の眉をきゅっとひそめるのが、鏡に映る。

「なによ、ネコザメって」

「……私のドレス。切られてたんですよ。誰かに。気に入ってたのに。くそっ」

更衣室で霧散した苛立ちが、リノさんを前にしてよみがえってきていた。ああ、もう、手に負えないな、という感じがする。喧嘩なんて売りたくないのに。

「私じゃないんだけど。なんの根拠があって言いがかりつけてんの」

「じゃあ、誰かクソ野郎がいるんですよ。この店に。このクソ店の誰かが、やったんだ」

「知らねえよ。私じゃない。私にあたんじゃねえよ。あんた、復帰一日目でまたぐだぐだ言うつもりなの。てめえの態度が悪いから、そういうことする奴がでてくるんだろうが！」

「ごもっともですよ！」

私は個室の壁を殴って、トイレを出た。不安げな顔をしたボーイが、入り口に佇んでいた。無視してテーブルに戻る。

その後、リノさんとは一度も顔を合わせなかった。それからは大きなトラブルもなく、私は一日の勤務を終えた。気分は最悪だったので、中原からお薬を買えて安心した。部屋に帰り、少し眠り、空が薄明るくなってくるころ、私は再びサメ部屋に向かった。

一瞬、水槽が空《から》に見えた。サメ泥棒か、とヒヤリとしかかったところで、気泡をつらぬいてサメの鼻先が現れた。サメは昨日とかわらない速度、かわらないテンションで、ひたすら水中を回遊していた。

私は水槽の前に腰を下ろし、その姿をつぶさに眺めた。目、口、ヒレ。どれも変わらずサメだ。部屋の中には、水の匂いに加え、魚の匂いが強く漂い始めていた。

私は、店でのできごとを思い返していた。あまり具体的な詳細まで思い出すことはできなかったけれど、切れ切れの場面と、悲しい気持ちだけは覚えている。私が、嫌われ者だっていうこととか。本当にゴミ人間だということとか。

「サメ」

私はサメに話しかける。

「サメ、私を救って」

私はサメにサメ以上のものを求めていた。リノさんにリノさん以上のものを求めて八つ当たりしたように。サメさえ手に入れれば、サメの持ち主に相応《ふさわ》しいきちんとした人間になれると思っていた。でも、全然駄目だ。

「サメ、私はおいしいイカとかあげてるじゃん。私に落ち着きをちょうだい」

カーテンの隙間から、朝の光が細く差し込む。殺菌灯の青い光と混ざりあって、サメの背中に複雑な模様をつくった。と、そこでふいに、サメが止まった。サメの、泳ぎが止まった。サメは私に顔を向けた状態で、空中でホバリングするように停止した。あ、サメ死んだかな？　と思った。けれど、サメは死んでいなかった。瞳がぐるりとうごめいた。

「救うとは？」

サメが喋った。

幻覚、幻聴が現れ出したら、ヤク中もそこまでだ。楽しい時間はおしまい。あとはもう、苦しい時間が死ぬまで続くんだろうな、と思う。でも、サメが喋る幻聴だったら、もうちょっとだけ楽しい時間を味わえるかもしれない。サメはどんなときでも役に立つ。

「私はさあ、本当は、人に好かれる穏やかな人柄でいたいの。でも、短気だし、情緒不安定だし、うまくいかない」

「なるほど」

「本当に、自分でも迷惑なくらい、情緒不安定なの。自分で自分の気持ちが管理できないんだよね。それで、人生がぐちゃぐちゃになってるような気がする。もっといろいろ大切にしたいのに。それとも、人生ってこういうものでいいのかな？」

「人生のことは吾輩《わがはい》にはよくわからない。しかし、そういった状態がつらいのなら、ひとりで抱え込まず専門の医師に相談してみてはどうかな？」

「心療内科には何回か通ってたことがあるんだけど、ＯＤ用のお薬がゲットできた以上の効果はなかったよ。そもそも医者と込み入った話ってできなかった。私、人見知りだし」

ふうむ、と頷いて、サメは細い口からぽこぽこと気泡を吐き出した。

「今は、なにかカウンセリングを受けたり、服薬等はしていないのかな？」

「カウンセリングとかはない。そういうのは上手く喋れないから嫌。薬は、えっと、違法薬物を」

「なんと。それは感心しないな」

サメはゆっくりと首を振る。水の抵抗を感じさせない滑らかな動きだ。繊細な幻だなあ、と思う。

でも、わかりやすい幻でよかった。これがもし犬が喋ったとかだったら、私は幻聴を幻聴と見抜けなかったかもしれない。喋る犬が現れた、と信じてしまっていたかも。もしかしたら喋っても不思議じゃないと思わせる隙と馴れ合い感が犬にはある。サメにはない。だから、これは絶対に幻だ。つまり、このサメの喋る内容は、すべて私の脳が考えていること。

「効果の出ない通院にうんざりしてしまう気持ちはわかるがね、それでも、やはり君の手に負えないことは、専門家に相談するのが良いと思うよ。聞くに、君の情緒のトラブルは難治性で向き合うには根気が必要だ。支えとなってくれる相性の良い医師を、諦めずに探してみてはどうだろう」

「はあ」

サメは正論っぽいことを言う。私はこんなことを考えているのか。それとも、どこかで聞かされたお説教の記憶がサメの口から洩れているだけか。

「君は、家族や恋人、友人と呼べるような人間はいるのかね」

「や、いない」

「では、吾輩が君の友となろう」

「え、友達？　それって、……うーん」

サメと友達ってどうなんだろう。私にとって、サメはサメという揺るぎない存在であり、友達とか家族とかいう概念に当てはめたいと思ったことはない。この生き物を飼ってはいるけれど、ペット、という感覚もあまりない。テレビとかバッグとか宝石とかに近い気がする。私はサメに名前も付けない。付けるつもりもない。サメは、やっぱりサメなのだ。というか、そもそも今喋っている彼の言葉は幻聴だし。

「遠慮はいらない。君は吾輩にイカやアジをくれる。悩みを聞くくらいのお返しはしよう。友として」

「サメが私からイカとかをもらわなきゃ生きていけない環境に置いているのは私だよ」

「今はそのことについて考えるべき時ではない」

サメは尾ビレを器用に使い、その場でぐるりと宙返りした。

「ありがとう、サメ」

「なあに。しかし、君は人間社会のなかで生きる人間だからね。やはり、周囲の人々との関係も大切にしなければならないよ。その、リノさんという女性には、一度謝罪をしてみてはどうかな」

「謝罪って……謝罪？　私が、あの人に謝るの？」

「そうだ。その場しのぎのただの言葉ではなく、誠意を込めて」

「そんなこと、考えてもみなかった。思いつきもしなかったよ」

「新たな発想をもたらすのも、友の役目だな」

「謝るって……それ、私にもできることかな？　そういう選択肢があるって知らなかった。私、ちゃんと謝った記憶ってないかも」

「大丈夫さ。サメにだってできる。より社会性の高い人間になら、容易《たやす》いはずだ」

「ふーん……」

サメにそそのかされて、私は想像してみた。リノさんの前に立ち、昨日は失礼なことを言ってすみませんでした、と謝罪する自分。ついでに、これまでの勤務態度についても謝っておいたほうがいいかもしれない。リノさんの言うことは、正しいと思っていること。それは、伝えたい、ような気がする。私の脳は混沌《こんとん》として手に負えないけれど、正しいことを正しいと判別するくらいの機能はちゃんとしていると思われたい。誠意を込めて謝罪の言葉を口にできたら、少し、なんだろう。自分自身が、癒される気がする。

「できるかわかんないけど、できたら良い気がしてきた。……うん。やってみようかな。なんか、楽しみな気がするし」

「ほう。新たな事を楽しめるのは、良い事だと思うよ。君の強みかもしれない」

サメはわずかに鼻先を上に向けて、口を開いた。綺麗に並んだ歯が見える。サメに褒められた。嬉しい。

「ありがとう、サメ。いろいろ教えてくれて。お礼に、フレッシュな血とか嗅ぐ？　ちょっとそのへん切って垂らしてあげようか」

サメは血の匂いに敏感だ。少しでも怪我をしている状態で海に入るとサメリスクが増すらしい。サメは一滴の血液も一キロ以上遠くから感知できるとか、学説なのか伝説なのかよくわからない情報を聞いたことがある。それってつまり、血の匂いが大好きだということではないだろうか。水槽に入れてあげたら、喜ぶのではないかと思った。

「いや、結構だ。この狭い水槽でそれをやられると、恐らくテンションが上がりすぎてしまう」

「あ、それ知ってるよ。狂乱索餌《きょうらんさくじ》でしょう」

サメは大量の血や水しぶきに出くわすと、脳の情報処理能力が限界を超えて、フィーバー状態でびちびちのたうったり手当たり次第にまわりに噛みついたりするらしい。動画で見たことがある。とっても楽しそうだった。

「でもあれって、集団でいるときじゃないと起こらないって聞いたよ」

「集団でないとはしゃげないやつらと一緒にしないでほしいな。吾輩はひとりでも楽しめるタイプだ」

「楽しいなら、いいじゃん」

「君から血だけ流されてもそこに獲物がいるわけではない。実《じつ》の伴わない楽しさなど、虚しいだけだ」

ぎくりとした。お薬のことを指摘されたように感じた。

「でも、脳が楽しんでるっていうのは、揺るぎない事実でしょう。実があろうがなかろうが、同じじゃん」

「確かに。つまり、自身がその楽しさに納得できるかという問題だ。吾輩は、納得したいタイプだ」

納得、という感覚が上手く思い出せなくて、私は黙り込んだ。

その日、私はリノさんに謝るチャンスを見つけようと、常に彼女の動向を横目で追いながら働いた。リノさんがひとりになる機会は少ない。トイレに立ったとき、あるいは終業時の更衣室が狙い目だろうと思われた。けれど、どちらも他の女の子たちが居合わせる可能性がある。一瞬のスキにすぐに飛びつけるよう、気は抜けなかった。

「あんたが言ってたサメ調べましたけど、顔が怖いですね。俺、あれならイヌザメとかの方が好きです。マヌケな顔してて」

「はあ？　なに言ってるんですか？　マヌケな顔で」

常連の上司に連れられ再び店を訪れた小林に、私はきちんと敬語で接客をしようと試みていた。リノさんは他の指名客の相手で忙しく、まだこちらのテーブルには顔を出せていない。謝罪できるにしろできないにしろ、同じテーブルについたときに、せめて注意されたところくらいはきちんと直せているとアピールしたかった。

「俺もサメ、飼おうかな」

「小林の給料で？　ですか？」

「サメって所詮魚でしょ。魚くらい飼えますよ」

なにもわかっていないサメ素人の愚か者に私のサメ知識を与えてやってもよかったけれど、今はそれどころではなかった。リノさんが、白いドレスの裾を揺らして、こちらに歩いてくるのが見えたから。私はその眼を真っ直ぐに見つめた。リノさんは、ゴミを見るような目で私を見返す。彼女はいつも正しい。「遅くなっちゃってごめんなさい」と、他の女の子がついていた常連上司の隣に、腰をすべり込ませた。

「今日はスズちゃん、失礼なこと言ってない？」

「あ、はい。大丈夫っす」

リノさんににこやかに話しかけられ、小林は死んだ魚の目を泳がせた。キャバ嬢をしようもない仕事と見下しているわりに、綺麗で堂々とした女は怖いみたいだ。リノさんは、よかったあ、と甘い声を出して、後はこちらに後頭部を向け、常連の対応に専念し始めた。

「なんつーか、先輩とかなんですか？　あの人」

私にしか聞き取れないような小声で、小林が言った。

「うん」

「ふーん。なんか、あれっすね。どこの世界も、面倒くさい」

小林は私が勘で作ったハイボールを飲みながら、彼の世界の愚痴を話し始めた。彼は今、新卒で採用された食品卸売会社で、配達と営業と雑務を行って二年目になる。大学では経済を学び、苦労して簿記の資格を取ったのに、仕事には全く活かせていない。毎日くたくたになるまで働き、週末は体力の回復に充てるだけで終わってしまうので、趣味の模型造りにも身が入らない。

「まあ、元気出せよ」

小林の苦悩は、きちんと生きている人間の苦悩だと思った。きちんと生きている人間には、ぜひとも元気を出してほしい。

「それ、こないだも言ってましたよね」

「そうだっけ」

「はい。……なんか嬉しかったんで、覚えてます」

「え、そう」

小林は特に嬉しくもなさそうに言った。だから、なんとなくその言葉が本心であると信じられる気がした。

そのとき、リノさんが席を立った。スタッフ用のトイレのある裏手に回った彼女を追って、すかさず私も立ち上がる。早足でフロアを横切った。いくつかの視線が私を見ているような気がした。また、なにかトラブルを起こすと思われているのかもしれない。

「リノさん」

廊下の端、暗闇につまずき足を止めたリノさんに、私は呼びかけた。振り返った彼女の目には、既に険しい色がにじんでいる。

「なにしてんの。同じテーブルのキャストが同時に外すとかあり得ないんだけど」

「リノさんと話したくて」

「なによ」

「あの、いろいろ、全部すみませんでした」

その日の出来事を話したい相手がいるという感覚が、懐かしかった。今日、水族館でサメを見たんだよ、すごくきれいだった、と母に話した。母は、よかったわね、と言ってくれた。あれが、たぶん最後だ。なんてことはない、なんの面白みもないその日の出来事を誰かに話した、最後。

「リノさんに謝った」

「素晴らしい。やればできるじゃないか」

サメは、今日も喋った。幻聴が切れてしまっていたらどうしようかと思ったけれど、私の脳はもう手遅れな感じでサメを喋らせ続けてくれるらしい。

「上手く説明できなくて、なんかぐだぐだした謝罪になっちゃったけど」

「ふむ。彼女はわかってくれたようだったかな」

「どうだろう。でも、私のこと見るときの、なんていうか、棘《とげ》を弱めてくれるようになった、かも」

「それはなによりだ」

サメはその場でぐるりと横にロールした。器用な動きだ。一瞬、尾ヒレが水槽を貫通したようにも見えた。この動きも、きっと私の幻覚だ。そうじゃなかったら、水族館でサメショーができそう。

「あとね、なんだっけ。なんか言いたいことがあったの。……そう、小林に言われたんだ。元気出せよって言ってもらえて嬉しかったたって」

「ほう。そうやって人の気持ちをプラスに導くことこそ、君の仕事の意義たる部分だね。よかったたな」

「よくないよ」

私は水槽越しにサメに顔を近づけた。尖った鼻先がゆらりと動く。

「小林は死んだ目になるまで頑張っているのに、どうしてだれも元気出せよって言ってあげないんだろうと思って。そういう言葉は私みたいなのじゃなくて、ちゃんとした人間に言ってもらってほしい」

「君だってちゃんとした人間じゃないか」

「ううん。私はカスだから」

「そんなことはない」

サメはガラスのような無機質な目で優しいことを言う。そういう言葉を、私は心の奥底で望んでいるということだろうか。優しい言葉がほしくって、サメに話しかけ、幻聴に答えさせているのか。ひどいひとり芝居だ。

でも、と思う。私はサメの言うことなら素直に聞ける。サメに言われたことをきっかけに、私は自分に合ったカウンセラーか医者を探そうかな、そのうち、くらいの気分になれているし、リノさんに謝れたのもサメのおかげだ。それに、サメが言うなら、次からはもっとお客様のプラスになるような言葉を考えて吐こうかな、とも思える。サメは私に正しいアドバイスをくれる。自作自演でもいいじゃないか。

「サメ、私は次はどうしたらいい？」

「スズちゃん、今日は特価で二g《ツージー》一万七千円だよ。いるでしょ？」

「いりません」

空調の下で汗を拭きながら手招きする中原に、私は答えた。

「うっそ。なんで？　前の調子悪かった？」

「いいえ。私、もうやらないので」

「え、なんでなんで？　なんかあった？」

中原はでかい尻をおろしていたスツールから立ち上がり、カウンターに身を乗り出した。親身になって顧客に対応してくれる、良い営業だ。急に止めたら身体に毒だよ、という言葉は、絶対ウソだろうがと思うけど。

サメに言われたから、と答えようとして、私は一旦口をつぐんだ。人と会話をするのなら、きちんと相手の気持ちを想像して、相手に伝わるような言葉で話さなくては、とサメが言っていた。相手の想像力に任せきって、好き勝手言葉を放り投げるのでは会話とはいえない。言われてみれば、そのようなことを小学生だか幼稚園だかの頃にも習った気がする。人食いザメの恐怖に怯えだした頃だ。

「私、サメを飼ってるんですけど。そのサメが、違法なことは良くないって」

「え、サメ？　サメって、サメ？」

「うん。たぶん、幻だと思うんだけど。あ、サメを飼ってるのは本当なんだけど、サメが喋ったのは幻聴だと思うってこと。でも、良くないって言われたから、やめます」

「マジで。すごいね。サメ飼ってるんだ」

「うん」

「サメが喋るとか、超楽しくない？」

「うん」

「でもさ、ぶっちゃけ幻聴なら、これ止めちゃったらサメ喋んなくなっちゃうんじゃない？」

「……うん」

「じゃあやっぱさ、サメには内緒で適度に続けた方がいいんじゃない？」

私はお財布から二万円を抜き出した。サメの効果なんてこの程度だ。

「うん」

帰り道、とにかく気分が悪かった。イライラして、悲しかった。結局お薬を買ってしまったという罪悪感と無力感のせいかな、と考えたけれど、違うような気もする。ただ、気分が悪いだけだ。これといった理由もなく気分が悪くなることはしょっちゅうある。中原に瞬殺で論破されたことはささやかな要因のひとつにすぎない。後はきっと、やっぱり自律神経の乱れとか、消化不良とか云々《うんぬん》の話だ。私の感情なんていうものは私の肉体の感情でしかなく、私の性格なんていうものは私の肉体の性格でしかないのだな、と思う。私の脳とか胃腸とか血液とかが、私を嫌な人間にしている。

家にまっすぐ帰るのが嫌で、私はサメ部屋に足を向けた。店からサメのビルまでは、繁華街のメインストリートをしばらく歩く。まだまだ営業中の飲食店や風俗店の派手な灯りが、乱れた神経をぐさぐさ刺した。でも、大丈夫だ。この汚らしい街の中にも、サメの泳ぐ部屋が少なくとも一部屋、存在するのだ。それだけは揺るぎない救いだ。それだけが、唯一の。

ふと気配を感じて、私は振り返った。後ろ、頭の上の辺りに、なにか感じた。けれど、そこにはギラギラした看板にけぶる夜空が細く伸びるだけで、特に変わったものはなにもない。道の端には、泥酔したホストが崩れ落ちている。ひとり小さく首を傾げ、私は再び歩き出す。

待ちきれない思いで、サメ部屋のドアを開けた。もうすっかり慣れてしまった魚の匂いが鼻をつく。殺菌灯の青白い光が、天井に、床に満ちていた。海の中みたいだ。

「ただいま」

水槽に向かって、私は慎重に声をかけた。

「おかえり」

サメは答える。私はほっと息をついて、いつもの定位置に腰を下ろした。ぐるりとターンを決めたサメが、白いお腹を見せながら、こちらに頭を向ける。

「元気がないな」

「ええ」

「当ててやろう。中原とかいう売人から、結局違法薬物を買ってしまったな」

「そんなことは些細《ささい》なことよ。問題はもっと根本的な部分なんだ。ていうか、問題はべつになくて、私がただカスなだけ」

そんなことはない、というサメの声が温かく響いた。でも、そんなことなくないということを私は知っている。問題もないくせにカスな私は解決法もない出口のないカスなのだ。

「サメ、もう優しいことは言わないで。幻聴にそんなこと言わせてると思うと、虚しくなる」

「幻聴？　吾輩がか」

「うん。野菜の食べ過ぎで聞こえてる幻聴なんだよ。ごめんね」

「それはどうだろう。吾輩はそうは思わない。野菜と呼ばれる違法薬物は、使用時に身体が温かく感じられるダウナー系だ。幻覚、幻聴が現れる場合もあるが、それはあくまで五感を肥大させたり、酩酊《めいてい》中の妄想の一助となるような瞬間的なもので、長期的に会話の可能なレベルの幻聴が聞こえるような作用はない」

サメはぼこぼこ泡を吐きながら言う。綺麗に並んだ歯が覗いた。大きな尾ビレが左右に揺れる。サメは綺麗でかっこいい。

「私、サメになりたいな」

「ほう」

「ねえサメ。私を食べて」

ずっと考えていたことだった。私は立ち上がり、水槽のふちに手をかけた。上から見てもサメは素敵だ。

「なぜだ」

「サメに食べられて死んだら、生まれ変わってサメになれるかもしれない」

「そういうシステムは聞いたことがないな」

「ビルの一室でさ、水槽の中でサメに食べられて死んでるとこを発見されたら、なんか、すごいよね。マフィアに処刑されたとか思われるかも。すごい事件性を感じてもらえそう」

私は水面を両手で叩いて、水しぶきを作った。サメは餌となる魚の存在を示す、血や水泡に興奮する。サメの集まったシチュエーションでそれが発生すると、サメたちはお祭り騒ぎの狂乱索餌状態に突入する。このサメは、ひとりでもはしゃげるタイプだという。ばしゃばしゃと水をかき混ぜていたら、私も楽しくなってきた。

「やめなさい」

サメが言った。私を食べたくないみたいだ。でも、私はもうサメに食べられる以外の気分にはなれそうもない。

「ごめんね、サメ。悪い飼い主で」

私は何か、部屋の中で血を流せそうなものを探した。部屋の隅、サメの入っていた発泡スチロールの箱と、中の袋を開けるのに使ったハサミが、そのまま放置してあった。濡れた手のままそちらに向かう。魚の匂いが強くなった。

「涼香《すずか》」

サメに呼び掛けられ、振り返る。

「今の君は興奮しているようだ。だから、今は深く考えなくていい。ただ、吾輩の言葉をよく聞いて、覚えておいてほしい」

「なに？」

「まず、医者を探しなさい」

サメは水面に向け、忙しなく頭を振っていた。私が立てた水泡が気になるようだ。けれど、その声は落ち着いている。

「薬物の依存についても相談できるところが良い。精神的な依存だけではなく肉体的依存が出ているとしたら、専門家のアドバイスも必要になるだろう。それから、こだわりがあるわけでないのなら、夜の仕事はやめた方がいいかもしれないな。昼夜が逆転して日光に当たらないと、人は精神が乱れやすくなる。アルコールの摂取による内臓の疲労も、心には悪影響だ。昼に働く業種にも、人と関わり、人に慣れ、あるいは人をプラスに導けるようなものがあるだろう」

「……でも、サメを維持するには、お給料のいいところで働かないと」

私はハサミを手に取って、サメの元へと戻る。思いついて、服を脱いだ。服を着たままでは、きっと食べづらいだろうから。サメに食べられてサメになるのに、どうしてこれからの仕事のことなんか考えなくてはいけないのか。

「維持をする必要はないんだ。わかっているだろう」

私は水槽の角に手をかけて、勢いをつけてそのふちに跳び乗った。倒れたらどうしよう、と不安がよぎったけれど、水を満たした水槽は私を乗せてもびくともしない。ポンプとフィルターを避けて、片方ずつ水に足をつける。冷たさに一瞬ひるみ、けれど、すぐにそれが心地良くなった。両足が底に付く。腰の辺りで、泡立つ水面がゆらゆら揺れる。

「サメに会いたければ海へ行け。いいか、吾輩が生まれたのは、ボラボラ島だ。覚えておきたまえ。覚えやすいだろう。ボラボラ」

水泡に翻弄されるサメの鼻先を見つめながら、私はハサミを大きく開き、その刃先を太腿の外側に押し当てた。痛みを想像して、少し緊張する。怖《お》じ気づいてはダメだ。こういうのは勢いが大事。私はサメだけを見つめながら、息を吸って、握りしめたハサミを素早く引いた。水槽の中に、ぱっと赤色が広がった。

ところで私は、サメを食べるのも好きだ。フカヒレの姿煮は大好物だし、身を煮つけたり、天ぷらや唐揚げにするのも良い。肝臓の油を使った肝油ドロップも大好きだ。天上の存在キャビアには敬意を抱いているし、その偽物のランプフィッシュの卵もそれなりに好きだ。サメに限らず魚って美味しい。一番好きなのはお刺身。だけど、サメのお刺身はよっぽど新鮮なものじゃないと、匂いがきつく食べられないという。

そういえば、新鮮なお刺身が食べたいがためだけに、漁師になりたいと考えていたことがあった気がする。自分で捕ったお魚を、自分の船の上でさばいて食べるのだ。広い海の上で、どこまでも続く空と雲を見ながら。ずっと忘れていたけれど、私、泳ぎは得意なんだった。

カーテンの隙間から差す光に、目を覚ました。

サメ部屋だ。音と光の色で、そう判断する。背中に固い床の感触。私は仰向けに横たわっていた。

穏やかな目覚めだった。とても穏やかな気分だ。内臓がすべて整っていて、血流もスムーズ、そんな気分。ただ、なにやら右足だけが痛む。それで、眠る前のことを思い出した。サメと遊んだんだった。

水槽に入って、サメに血を嗅がせて、食べられようとした。なんでそんな気分になったのかさっぱり忘れてしまったけれど、どうやら私はサメに食べられず、幸運なことに溺れもせず床で眠ったらしい。よく覚えていないけれど、今が良い気分なおかげで、なんだかとても楽しかった思い出として処理されそうだ。私は好き勝手サメにからんで、でも、サメは怒ったりしないで私に話しかけてくれた。医者を探せ、とか、日光に当たれ、とか。

右足に気を使いながら、慎重に身体を起こした。唯一身に着けていた下着がまだ濡れている。ハサミで切った足の傷は、もう乾いていた。斜めにまっすぐ走る十センチほどの赤い線。その横、傷を挟み込むよう両側に、点々と小さな内出血が並んでいた。赤黒いその模様は、噛み痕のように見えた。サメに噛まれたのか。

左手の水槽を見る。透明なアクリルケースに、綺麗な水が満ちている。綺麗な水、それだけだ。サメがいない。

「サメ？」

私は水槽の元まで這った。冷たいアクリルの表面に手を付けて、水の中を凝視する。なにもいない。サメの尖った鼻も、白いお腹も、細い口も、先端だけが黒い鋭いヒレも、空洞のように空虚な瞳も、なにもなかった。水の中を低いテンションで回遊するあの生き物がいない。

「サメ」

呼びかけても、返事はない。後ろを振り返ってみても、天井を仰いでみても、サメは空中に漂っていたりもしない。サメが消えた。どこへ？

途方にくれかけたとき、魚の匂いが鼻をついた。私は立ち上がる。海の生き物がいないのに、こんな匂いがするはずない。うろうろと歩き回り、部屋を見渡し、そして、片隅にある、発泡スチロールの箱に目が止まった。その瞬間、今朝のめずらしく快適な血流が、ひとつの記憶を呼び起こした。

私は箱の傍らに膝をつき、その蓋に手をかけた。摩擦による抵抗で、蓋はなかなか開かない。四隅を少しずつ持ち上げ、ようやく片側に隙間が開いた。部屋を満たしていた匂いが、一気に強くなった。

それでもう、はっきりと思い出してしまった。これは魚の匂いじゃなくて、死んだ魚の匂いだ。

箱の中、口を堅く結ばれた大きなビニール袋が覗く。袋には水が入っている。漏れ防止のために二重になっていて、中までは不透明だ。でも、私はその中身を知っている。数日前、アクアリウムショップで、袋を開いた瞬間に、立ち会ったから。

サメは死着だった。

南の島の空港から、日本のアクアリウムショップに届くまでの間に、サメは死んだ。大きな魚の輸送では珍しいことじゃない。十分な大きさの箱でも、酸素をたくさん入れてやっても、水槽に届く前に力尽きてしまう個体はいる。あらかじめ、そう聞かされていた。しょうがないですね、と、死んだサメを目の前にして、アクアリウムショップの店員に私は言った。でも、どうしても、しょうがないとは思えなかった。私は死んだサメをサメ部屋まで持ち帰った。それからの記憶がはっきりしない。眠って、目が覚めたら、水槽の中にサメがいた。

「サメ」

私は袋に手を伸ばし、その表面を慎重になでた。二重のビニールと濁った水越しに、灰色のヒレが少しだけ見えた。強い死臭が私を取り巻いていたけれど、すぐに涙で鼻が詰まってわからなくなった。私がサメを欲しがったせいで、サメは死んでしまった。私が、サメがいないと生きていけない人間だったから。

でも、サメは死んでいたのに、私は元気に生きている。サメの幻を見ていたからだ。幻聴を聞いていると思っていた。声だけじゃなく、姿そのものも、最初から幻覚だったのだ。

幻。でも、吾輩はそうは思わない、と、サメは言っていた。ではなんだ？　サメの幽霊？

私は、しばらく静かに泣いた。数日前にサメが死んでいたときのぶんと、今、サメが消えてしまったぶん。少しずつ、外は明るさを増していった。カーテンを開き、窓を開き、私は床に座ったまま空を見上げた。朝だ。薄い水色の空。サメのお腹の色に、少し似ている。

ボラボラ島、という単語が、頭に浮かんだ。覚えておきたまえとサメが言った。サメの生まれた島だという。

ボラボラ島。聞いたことのない名前だ。でも、覚えやすい。南の島って感じがする。濃い青空が広がっていそうな、宝石みたいなキラキラの海が広がっていそうな、サメのうようよ泳いでいそうな、そんな名前だ。サメはどうして、私に覚えておけと言ったのだろう。他にもいろいろ、覚えておけと言われた。

私はもう一度床に横たわって、脱ぎ捨てた服にくるまった。涙が乾いて、外の空気と死んだサメの混じり合った匂いがする。何度も深く呼吸をして、肺を満たして、血液の中に空気を取り込む。そうしているうちに、私は少しずつサメになれるような気がした。

でも、なれない。そういうシステムにはなっていないので、私はクソみたいな人間のままだ。ただ、生きていく場所は選べるかもしれない、という気持ちになっている。例えば、ボラボラ島で暮らすとか。そんな発想は今までなかった。

まずは仕事に行こう、と思う。それから、良い病院を探して、犯罪は止めよう。人に迷惑をかけたくないし、逮捕されて、国外に出られなくなったら困る。発泡スチロールの中のサメをボラボラ島に返したいし、もう一度泳いでいるサメを見たい。そのために、サメに言われたことを覚えておこう。

「サメ」

見上げた水槽は空だった。また涙がこみ上げてくる。でも、私の頭の中にはまだ、優しいサメが泳いでいる。

水槽を出たサメ

吾輩はサメである。名前はサメである。

和名はツマグロ。ツマグロって、マグロかい？　と思うかもしれないが、サメだ。英名は、ブラックチップ・リーフ・シャーク。更に正確に言うなら、吾輩は、ツマグロの死にぎわの霊子《れいし》が人の思念と結合したことにより顕現したエーテル体のサメだ。好物はイカ。

吾輩を形作ったサメは、フランス領ポリネシアのボラボラ島の浅瀬で泳いでいたところを地元の業者に捕まり、売り飛ばされた。海にいた時点で、その日はもともと体調がすぐれなかったのだ。だからこそ捕まってしまったのだろう。ボラボラ空港からマニラ国際空港までの空輸中にすっかり衰弱し瀕死《ひんし》の状態となり、さらに乗り換えた日本行きの飛行機の中で、エーテルを少しずつ排出しながら死亡した。なんとも無茶な輸送プランだった。雑な仕事をされたものだ。アクアリウムショップ側で死着補償のつかない個体だからと、手を抜かれた感がある。そして害を被《こうむ》ったのは、命を落としたサメと、エンドユーザーである高橋《たかはし》涼香だ。可哀想に。

しかし、その結果として吾輩は形作られた。手狭ではあるが最適温度の水槽の中、涼香の手により与えられるイカを食べる、快適なサメとしての時間を得た。サメを飼う者としての涼香の手際に不満はなかった。アクアリウムは素人のようだが、恐らく年単位で下調べを続け、準備を重ねてきたのだろう。彼女がどれほどサメを必要としてきたか。その結果として可哀想なサメは命を落としたわけだが、吾輩は宇宙の歴史を責めるつもりはない。

今、その涼香は、吾輩の水槽が設置された部屋の床の上で、パンツ一丁で横たわっている。眠っているのだろう、恐らく。先ほど、吾輩の水槽に飛び込んできて、自傷行為を働いた。サメに食べられたいのだと言っていた。吾輩は仕方なく、鼻先で彼女のみぞおちに一撃を食らわせ、気を失ったところを足に噛みついて水槽の外に引きずり出した。命にかかわるような怪我などは負っていないはずだ。きっと彼女は目覚める。それが彼女の幸福であるかは、吾輩にはわかりかねるが。

吾輩は尾ビレで水をかき、水槽のふちへ身を乗り出した。そのまま全身で空気をかいて、空中へと泳ぎ出す。天井の低い部屋の中、横たわる涼香の上をぐるりと旋回した。胸ビレから滴った水が、彼女の額に落ちた。

「さらばだ」

吾輩は、自分の死期を感じていた。絶命したサメのエーテルは時間の経過とともにそのエネルギーが弱まってきている。部屋の片隅にある、件のサメの死体が収められた箱。そこから漏れだす臭気と同じだ。死んだ者の発するエネルギーには限界がある。じきに、サメの姿に留まっていられなくなるだろう。姿かたちを失えば、追って自我も失う。それが吾輩にとっての死、と定義することもできる。いささかメランコリックな視点だが。

もういちど部屋をゆっくりと遊泳した後、吾輩は窓の隙間をすり抜け外へ出た。錆の浮いた手すりを越え、七階の空へ発《た》つ。夜明けの気配の迫る、紺碧《こんぺき》の空だった。

青色に染まるビルが立ち並ぶ間を、吾輩は自由に泳いだ。戯れにヒレを動かしてはいるものの、推進力となっているのはエーテル・パワーなので、吾輩はエーテル・サメとして、ただのサメには不可能な優雅なロールや急ターン急上昇を駆使し空を切った。思うままに高度を上げ、眼下に広がるビル群を見下ろす。青色の中、それらは沈んだ海底都市のようにも見えた。しかし、沈みながらも生きている都市だ。屋上の赤いライト、地面の上のこまごまとした強い灯りが、ホタルイカや発光バクテリアを宿すイカの放つ光のように、循環する生命の存在を主張している。

より多くの光が集まる一帯を目指し、吾輩は鼻先から急降下した。ビルの脇にかかるカラオケ店の看板が胸ビレをかすめる。足取り重く行き交う人々の頭上数十センチで頭を上げ、そのままの高度でふらふらと蛇行する。誰にも、吾輩の姿が見えていない。誰も吾輩を見たいと思っていないし、吾輩も誰かに見られようという力を発していないからだ。尾ビレを大きく振りながら、吾輩は交差点を横切った。この周辺には、何度か来たことがある。何度か、涼香の職場を見に行った。

気の向くまま街を泳ぎ、やがて空の白みだすころ、吾輩はもういちど高度を上げた。上空の澄んだ空気が、左右のエラを透過し後方に流れる。やがて、遥か遠く地平線の向こうから、太陽の輪郭が覗いた。

日が昇りきると、真下の繁華街からは生ゴミと吐瀉物《としやぶつ》のにおいが強く漂い始めたので、吾輩は移動を開始した。目指す場所は決まっている。某、水族館だ。


近未来的な外観をした近県最大の広さを誇る水族館は、平日だというのにそこそこの入りで、見物客にうっかりぶつかったりせぬよう、吾輩は天井付近を這うようにぬるぬると移動した。

エントランスから順路通りに進んだ最初の廊下には、タコクラゲ、ミズクラゲをはじめとした、万人に愛されるフォルムのクラゲシリーズの展示が続いている。クラゲなんて所詮どれもクラゲだな、と飽きはじめるタイミングで現れる七色に光るクシクラゲなど、その配置にもなかなかの戦略性が感じられて好感が持てた。さらに順路を進み、クマノミやチンアナゴなどのにぎやかしコーナーを抜けると、いよいよ廊下の出口から、吾輩の目的である、巨大水槽の灯りが覗く。

命の終わりを悟ったとき、吾輩は考えた。さて、どうしようか、と。どうしようか。どうすべきか。吾輩は、いったい、何のために生まれたのだろうか。考えるうち、同士の姿が見たくなった。吾輩はサメたる自分に誇りを持っている。同士の生き様をこの目に映せば、なにか自らを鑑みるヒントのようなものが得られるのではないかと期待した。母なるボラボラ島までヒレを伸ばしても良かったが、エーテル的コスパを考慮し水族館を選択した。エーテル体である吾輩にとって、情報は酸素に等しい。意識せずとも呼吸の際に空気と共に取り込まれ、全身を循環する。そうして見つけたブラックチップシャークを所有する水族館、その巨大水槽を、ひとまずの目的地と定めた。あるいはここが吾輩の死に場所となるかもしれないと、半ば覚悟を決めながら。

巨大水槽は、言うほど巨大ではなかった。いや、一般的な水槽を基準として考えれば、十分巨大なのだろう。海を基準に考えてはいけない。鼻先を分厚いアクリル板に押し付けるように探すと、シュモクザメやホワイトチップシャークなどの他のサメに紛れて、数匹のブラックチップシャークが水面の近くを泳いでいるのを見つけた。それなりに大きな個体だ。吾輩よりも数十センチは大きく見える。青い光に照らされ回遊するその姿を、吾輩は水槽の外を並走するように追った。そして、しみじみ思った。美しいな、と。

サメは美しい。それはもう疑いようのない事実として知ってはいたが、客観的にその姿を眺め、これほどまでかと驚いた。そして、サメほどのレベルには達していないにせよ、水槽の中の他の魚たちもまた、それぞれの美しさをきらめかせ、誇り高く泳いでいるように見える。海に生きるものたちは、美しい。眼下に広がる人間たちの頭を見ていると、特にそう思えてきた。人間。あの生き物の形状は、どうだろう。細かな毛の生い茂る頭がにょきっと生えてる感じだとか、転びかけては立て直してを繰り返すことによる移動法だとか、不可解な点が多い。生きているだけで摩耗するのも頷ける。だからこそ、涼香はサメに焦がれたのだろう。決してサメになることは叶わない友。吾輩は、せめて彼女を食べてやるべきだったのだろうか。人としての幸福など、勧めるべきではなく。一度は切り捨てた考えが頭をもたげる。ひとりの人間を苦痛から解放してやること。それこそが、吾輩の生まれた意味だったのか？

ふと、視線に気がついた。一様に不可解な姿かたちをした人間たちの群れ。彼らのほとんどが、彼らには決して入り込めぬ海の中の世界を熱心に見つめている中で、一対の目だけが、こちらを見上げている。水槽に両掌をつけ、ほとんど真上を仰いでいるのは、五、六歳と思《おぼ》しき少女だった。

上に、なにかあるのだろうか。吾輩も頭上を見上げてみる。しかし、そこにあるのはモノトーンに塗装された天井のみ。吾輩がゆっくりと左手に移動すると、少女の瞳も左にずれた。子供と猫には、稀《まれ》にエーテルに敏感な個体がいる。

吾輩はヘリウムガスの詰められたビニールの動きを意識して、人の集中する水槽前から、ゆっくりと後退した。このまま風船の動きを保ち、外に出ようと判断した。騒ぎなど起こし、海の世界を味わう人々の幸福に水を差すのは本意ではない。

しかし、少女は視線を吾輩にロックオンしたまま、おぼつかない足取りで動き出した。巨大水槽エリアの出口へ向かう吾輩の、ぴったり真下をついてくる。廊下を抜け、まったく人気のないウニの展示コーナーへと入っても、まだ少女は追ってきた。まったく。保護者はなにをしている。

そのとき、頭上ばかりを見ていた少女が歩行に失敗し、転んだ。床に膝をぶつけ、両手をつく。

その衝撃がどれほどのものか、転んだ経験のない吾輩にはわからない。二足歩行を選択した種の末路だ。子供の犠牲を目の当たりにし、吾輩はいささかショックを受けた。

少女のもとへ降下する。と、吾輩が視線の高さまで下りた瞬間を見計らったかのように、少女が勢いよく立ち上がった。なるほど。転んでも立ち上がれる方面に優れた造りになっているようだ。

「こんにちは」

少女が言った。

「こんにちは」

吾輩は答えた。

「大丈夫かね？」

「なにが？」

「今、転んだだろう」

「うん。まあね」

「保護者は……パパとママは、どこにいるのかな？」

「お仕事中だよ」

「ほう」

「今日はね、おばあちゃんと来たの。言っておくけど、迷子じゃないから」

「しかし、おばあちゃんの姿が見えないが」

「おばあちゃんはクラゲのファンだから、そこにいる。私はクラゲっていまいちだから、別行動してるの。ここ、よく来るからなれてるの。迷子じゃないから」

「わかった。信じよう」

「サメは、逃げてきたの？」

少女は、先ほどの巨大水槽のあったエリアを指差した。

「いや、違う。吾輩には逃げるべきものはない」

そのとき、少女が指した廊下から若い男女が現れた。「ウニってクリじゃん」と話しながら、我々のそばを通過して行く。少女はその間、吾輩の前に立って、彼らの視線から吾輩を守るように移動していた。

「ありがとう。しかし、その必要はない」

「見つかったら、連れ戻されちゃうよ」

「いや、本当に、吾輩は逃げてきたのではないのだ」

「本当に？　じゃあ、お友達に会いに来たの？」

「ああ、そのようなものだ」

そうであった。吾輩は、この場所を訪れた目的を思い出した。同胞の姿を目にすることで、自らの命の意味を見つけ出そうとしていたのだ。結果として、自らの美しさは完璧に理解できた。しかし、まだ、望んだ答えは得られていない。

「ひとつ、相談をしてもいいだろうか」

「どうぞ」

「君は、なんのために生きている？」

「相談って言ったのに質問してる」

「失礼。質問をさせてほしい。君は、自分がなんのために生まれてきたと考える？」

少女は大きく天を仰ぎ、「うーん」と考え込んだ。重たそうな頭が後ろに倒れはしないかと不安になり、吾輩は少女の背後に回った。少しして、少女が振り返った。

「私は、マジカルまりえるオメガになりたい」

マジカルまりえるオメガ。それが、現在日曜日の早朝に放送されている女児向けのアニメを指している、というのはすぐにわかった。少女まりえるが惑星の昇交点黄経に手を加えようとする悪の軍団から宇宙を守るため戦う、というSF作品だ。つまり、少女は自らの生まれた意味を、少女まりえるになるため、あるいは宇宙を守るため、と定めている。

サメになりたいと言った、涼香の姿が重なった。離れても、なにかと思い返してしまう友。彼女にも、この少女と同じくらいに幼い日々があったのだ。そのころサメに食べられていれば、その後の人生の苦痛や混乱を味わわずに済んだだろう。自らをゴミだと話して疑わない、憐れな友。

「君は、マジカルまりえるオメガにはなれない」

吾輩は、少女のあどけない顔に語りかけた。

「信じてほしい。絶対に、なれないのだ。君には残酷な話かもしれない。しかし、事実だ。君の夢は叶わない。ならば、どうしたい？　もし、それならば、そんな命は要らないというならば、」

「イッツノッテュアビジネス」

少女が、いきなり英語で答えた。素晴らしい発音だった。彼女の通う子供英会話教室はなかなか良い仕事をするようだ。

イッツ・ノット・ユア・ビジネス。それは君の仕事じゃない。即ち、「君には関係のないことだ」。

「なるほど。確かに」

「そうだよ。サメにはわかんないことだから、ほっといて。私がなりたいんだもん」

「確かに……君の命は、君のビジネスだ」

涼香の命も、涼香のビジネスか。

「吾輩は、自らのビジネスを探しているのだが」

相談を打ち明けた吾輩に、少女は真剣な瞳で腕を組んだ。そして、

「仕事がないときは、旅をするといいっておばあちゃんが言ってた」

ほう。

「旅か」

「うん。おばあちゃんはもう仕事がないから、よく旅してる」

「ほう。ちなみに、おばあちゃんはどこに旅をしたと言っていた？」

「待ってて！」

そう言うと、少女は弾かれたように駆け出した。また転ぶのではないか、と不安にな

るスピードで、しかし懸命に両足を交互に出して、巨大水槽エリアへと消えて行く。言われた通り、吾輩は待つことにした。相変わらず人気のないウニエリアを眺めて回る。サンショウウニ、アカウニ、バフンウニ。なるほど、ウニとは、確かにクリのようだ。

「サメ！」

やがて息を切らし、少女が戻ってきた。「あのね」と、祖母から聞いたというお薦めの旅スポットを教えてくれる。

「あとね、旅のだいご味は、美味しいものを食べることだって」

「ありがとう。参考にしてみるよ」

「どういたしまして」

少女が、手を差し出した。友好の印、握手を求めているようだ。吾輩は右ヒレを差し出し、それに応えた。濃縮されたエーテルは物理的干渉も可能である。少女は吾輩の鋭いヒレを、その幼い手でしっかりと摑んだ。

そうして吾輩は、日本全国津々浦々名所巡りの旅を開始した。日本三名園と呼ばれる兼六園、後楽園、偕楽園を見て巡り、日本三名泉と呼ばれる有馬温泉、草津温泉、下呂温泉に浸《つ》かり、日本三景と呼ばれる、天橋立、宮島、松島を泳ぎ巡った。少女の祖母と吾輩は、なかなかに旅の好みが合ったようだ。各所を満喫し、松島まで北上したついでに、イカの水揚げ量ナンバーワンを誇る八戸市にもお邪魔した。久しぶりに海に出て新鮮なイカを齧《かじ》っているとき、涼香に与えられたイカの、鮮度には欠けるが趣の深い味わいを思い出した。

そして吾輩は、最後にもういちど涼香の様子を見に行こうと決めた。彼女のビジネスに干渉するつもりはない。ただ、会いたいから、会いに行くだけだ。

日本の美しい風景を見て回っていた吾輩にとって、久しぶりに見る涼香の街はこまごまとして薄汚く、しかし、ぎっしり詰まった街の表面を人間や光が這うように行きかう様は、緻密な細工の機械が力強く動くのを見るようで、それはそれで愉快に感じた。

時刻は十七時。吾輩が旅立ったときの朝焼けと同じ色で、反対の空が燃えている。覚えのある道を見つけ、高度を下げた。涼香の職場から、吾輩のいたサメ部屋のごく近くまで続く賑やかな道だ。浮かれた大学生の集団の頭の上を、彼らと同じペースでのんびり泳いだ。

涼香は元気だろうか。そもそも生きているだろうか。距離が離れてしまうと、さすがに個人の発するささやかな情報までは嗅ぎ取れない。きちんと数えてこなかったので、吾輩が旅立ってから何日が経過しているのかも、よくわからなかった。が、発ったときと比べ、人々の服装がやや厚手に変化している。季節が移り変わるくらいの期間は、全国を泳ぎ回っていたことになる。

サメ部屋の入ったビルを裏手に回り、窓を数えながら七階まで昇った。まず、日を遮っていた厚手のカーテンがなくなっていることに気がついた。窓の隙間から中に入る。水槽はまだそこにあった。しかし、水の匂いがしない。暗い部屋の中、水の抜けた乾いたアクリルの箱だけが、ひっそりとそこに残されていた。隅にあった発泡スチロールの箱もない。むせかえるような死臭も、すっかり消え去っていた。吾輩は懐かしい水槽の中を回遊し、薄く積もった埃を舞い上がらせながら、眠った。


夜半過ぎに目覚め、部屋を出た。目指すのは、涼香の職場だ。

涼香の働いていた店は、繁華街のメイン通りを横道に逸れた先にあるキャバクラだ。高級路線とセクシー路線のどちらにも振り切れていない感のある、良く言えば親しみやすい、入りやすい店である。ありふれたデザインの看板を奥に進み、吾輩は客用の入り口から堂々と入店した。営業時間は既に終了したらしく、フロアの照明は落とされていた。一段下がったカウンターの中で、男がひとりレジスターの金を数えている。スタッフオンリーと札の立った奥から人の気配がしたので、そちらに向かった。廊下には、これから捨てに行くのだろうゴミ袋が雑に積み上げられている。この廊下で、涼香が某先輩に謝罪をするためのアシストとして、その女の足を引っ掛け足止めしたことを思い出す。と、ロッカールームから涼香の声がした。まだ、ここで働いているのだ。

「だから、お願いしますっつってんじゃないですか」

扉の隙間から中に入る。見覚えのある赤いドレスを着た涼香が、イライラとした様子で腕を組んでいた。中央のソファにはもうひとり、髪の長い女が座っている。件《くだん》の先輩、リノだとわかった。

「ダメ。もう来週のシフトは出たでしょう。急に長期の休みなんて無理に決まってんじゃん」

「前にリノさんに殴られたときは休ませられたのに」

「あれはてめえが先に手え出したんだろうが。あんときだって困ったのよ。顔に怪我したから、仕方なくでしょ」

既に着替え終わっていたリノは、ジーンズの足を組みながらため息をついた。

「休みくれないなら、もう、店辞めようかな」

「辞めるときは二週間前までに雇用側に伝える義務がある。これはうちの店のルールじゃなくて、法律で決められてることだから」

「うっぜー。リノさんがオーナーとデキてること、やっぱ客にばらそうかな」

「いいよ。そのかわり、二度とダイビングのできない身体にしてやっからな」

重たそうなブーツの踵《かかと》を床に打ち付け、リノは立ち上がった。

ダイビング。美しい響きの言葉だ。

「冗談ですよ。リノさん怖い」

涼香は口をとがらせ、床に腰を下ろしてロッカーにもたれた。はやく着替えなさいよ、とリノが言う。

「もっと早く言ってくれれば、こっちだって融通できたのに」

「だって、オープンウォーターのライセンスこんなすぐ取れるって思わなかったんです。私、ダメな人間だから、最初の段階でもっとかかると思った」

「ダメな人間でもなにかしらできることがあるんでしょ」

「そうだった。私、泳ぐの得意なんですよ」

泳ぎが得意など、サメである吾輩の前でよく言えたものだ、と思ったが、どうやら涼香には、もう吾輩の姿が見えていないようだった。話し込む涼香とリノの間を横切ってみたが、彼女はもう吾輩の鋭いヒレを目で追うことはしない。以前から、涼香は吾輩の姿を水槽の中にしか見なかった。その水槽はもう、人工海水を抜かれ空っぽだ。

「だから、はやく次の段階に進みたいんですよ」

「熱心なのはいいけどさ、ダイブマスター目指すんだったらそれこそ何十本も潜んなきゃなんないわけだし、長い目で見たほうがいいんじゃない。私だって、レスキューダイバーまで取るのにも数年かかったし」

「数年なんて、待ちきれないですよ」

仕事中のアルコールが残っているのか、緩慢な動作でドレスを脱いだ涼香の右足に、うっすらと赤い斑点が見えた。吾輩が嚙みついた痕だ。目を凝らすと、彼女が自身の手で切ったハサミの傷も、かすかに白く盛り上がり残っている。

「はやくボラボラ島に行きたいのに」

「あんたたまにそれ言ってるけど、なんでボラボラ島なの」

「まえ飼ってたサメの実家なんで」

「……あんたさあ、喋るときはちゃんと、相手に伝わる言葉で喋んなさいよ」

「ああ、はい。やっぱみんな、サメと同じこと言いますね」

「だからさあ」

リノは呆れたように吐き捨てたが、その声に以前のような真剣な悪感情は含まれていないように聞こえた。涼香のほうもそうだ。時に苛立った声を出してはいるが、それは当人のコントロールのもと、余裕をもって示されている感情に思える。共通の話題で、人間の距離は容易く縮まる。ダイビング。それが美しい海の話ならなおさらだ。

「なにもダイマスまで取らなくたって、遊びで潜りに行けばいいじゃない」

「そうだけど……でも」

涼香の着替えが終わったタイミングで、リノも立ち上がる。先立って歩く涼香が、ロッカールームの扉に手をかけた。

「最終目標は、プロだから」

扉を開けたその向こうに、中原が立っていた。

サンタクロースの体型をした、この店のマネージャーの男だ。そこで彼がずっと聞き耳を立てていたことを、吾輩は知っていた。

「お疲れさま」

「……さーっす」

微笑みを浮かべる中原に、涼香は視線を逸らし低い声で答えた。店内で違法薬物を売りさばく彼の、涼香はかつて客だった。しかし今、涼香からそれに該当する煙の匂いはすっかり消えている。横をすり抜ける涼香の背中を、中原の目が追う。サンタクロースにしては、愛情に欠けた目だ。

大通りに出たところでリノと別れ、涼香はひとり、家路を辿った。吾輩はその頭の上を、一定の距離を保ちついていった。歩く速度が以前より速い。靴底が地面をこするようだった足も、一歩ごとに高く上がっている。水中のスポーツを始めて、筋肉がついたのだろう。

涼香を食べなくてよかった。吾輩は、心からそう思った。涼香は元気だ。先のことはわからないが、今この瞬間、彼女は健やかに、それなりの速度でこの道を歩くことができている。吾輩はそれを、友として喜ばしく思う。その姿を見ることができてよかった。

さて、と、再び考える。さて、では、吾輩はどうしようか。考えている時間にも、エーテルは消費されていく。生きる目的の定まらぬまま、着実に死期は近づいてくる。思うのは、「ボラボラ島に行きたい」と言った涼香の、声に滲んだ渇望。あれが、少し羨ましかった。泳ぎ着くまでエーテルが持つかはわからないが、ひとまず旅を続けてみようか。故郷の海、ボラボラ島へ。

上昇しようとヒレをくねらせたとき、左右のエラが、不穏な匂いを捉えた。雑多な街の匂いに紛れたそれを嗅ぎ分けることができたのは、以前にもすっかり同じものを、もっと近くで嗅いだことがあるからだ。

どうすべきか、と考えた。少女の声が頭で響く。イッツノットユアビジネス。

しかし、吾輩は結局、ひとり来た道を引き返した。これはビジネスではない。


ロッカールームに、中原はいた。締め作業の完了した店内に、彼以外の人影はない。

中原は堂々としていた。マネージャーである彼は店に関わる全ての鍵を所持していて、女子ロッカーであってもオープンスペースだ。涼香のロッカーの前で足を止めると、物音を気にする様子もなく、そこにぶら下がったダイアルキーを手に取った。鍵を引っ張りながらダイアルを適当に回し、錠の若干浮く位置を見つけると、ロッカーの金具に押し当て、捻った。それほど力を込めたようには見えなかったが、やがて弦の部品がカーブの始点からぐにゃりと曲がり、キーホールから外すには十分な隙間が開いた。安物の鍵を壊す一連の動作も手馴れている。

中原は迷いない手つきで、やや乱暴に扉を開く。涼香のロッカーは、きれいというより単純に物が少ない。数枚のドレスに靴。扉の内側には、サメの写真が貼ってある。海面から顔を出し、カメラに大きく口を開けたホオジロザメと、澄んだ浅瀬を泳ぐ、ブラックチップシャークの写真。それらに目を止めると、中原は小さく鼻で笑った。そして、ハンガーにかかったドレスの中から、今日涼香が着ていた赤い一枚を手に取り、尻ポケットから銀色の細いハサミを取り出した。

まったく、手口の少ない男だ。涼香がネコザメ柄だと信じていたヒョウ柄のドレスを切り裂いたのも、この男だった。彼にしてみれば、これは営業活動の一環なのだろう。芝刈り機を売り込むため、他人の庭にせっせと雑草を植えるようなものだ。そうして、自ら需要を作り出す。確かに、悲しいことが起これば、そのときの気候や体調次第では、涼香は再び法に反した方法で心を慰めようと考えるかもしれない。それが中原の日々の糧へと繋《つな》がる。

中原のハサミがドレスを裂くのを見ながら、吾輩は、まだ吾輩の生涯について考えていた。この身が朽ちるまでの一連の変化について。変化を時間という概念で捉える。吾輩の時間について。吾輩は、なんのために生まれたのか。目の前では、中原が無秩序にハサミを動かし続けている。赤い布の切れ端、細かな繊維がはらはらと床に落ちた。水中でたなびく血の帯のようだ。

突然、中原が振り返った。

吾輩を見る。目が合った、と感じたが、そうではないようだ。中原の目はそこにあるなにかを探して、細かく動き続けていた。しばらくの間、すべての動きを停止したまま、彼は吾輩の浮かぶ空間をただ見つめていた。吾輩はゆったりと尾ビレを振る。血を連想してうっかり漏れ出たエーテルは、もう止まっていた。

やがて小さく息を吐いて、中原は手元のハサミに視線を戻した。ボロボロのドレスをロッカーに戻し、床の上に散った布切れもきっちりと集めて中に収める。扉を閉めると、最後にもういちど部屋を見渡し、どこか納得しきれていないような表情を浮かべたままで、足早にそこを立ち去った。やがて、施錠の音がいくつか聞こえた。

吾輩はロッカールームの換気扇から外へ出て、夜の空へと泳ぎ出した。空気はさらりと乾いている。鼻先を真っ直ぐ上に向けると、街明かりに霞《かす》んだ星がわずかに見えた。海の中から見るよりは、まあ、美しいと言える。

ロッカーを開く瞬間の涼香の上を漂うのは、愉快なことではなかった。どちらかと言えば、ウニを飲み込むような気持ちに近い。固い棘が、あちこちに刺さる。

鍵がなくなっているのを見つけた時点で、ある程度の予想はしていたのだろう。細く開いた扉の隙間から覗くドレスの残骸を前に、涼香は暴れ出したりはしなかった。しかし、諸々不器用な人間なのだ。感情の処理に向かない神経の造りをしている。怒ったり、泣き出したりしないかわりに、涼香はたっぷり五分間ほど、扉に手をかけたその姿勢でフリーズしていた。同僚の人間が入ってきたのをきっかけにのろのろと動き出し、薄い灰色のドレスに着替え始める。頬の筋肉が固く強張っていることに、おそらく本人は気がついていない。

「え、もうライセンス取れたんすか。早くないっすか」

「うん」

「まさかスズさんに先越されるとは。俺も週末行こうかな。って、毎週思うんすけどね。なんやかんや土曜になると、今日はだるいわ、ってなっちゃうんですよね」

「うん」

「ウエットスーツ着るとはいえ、寒くなってきたし」

「うん」

「なんか今日、いつにも増してだるそうですね」

小林の言葉に、涼香は大きく息を吐き出す。

「わかりますか？」

「いや、丸出しっすよ」

「あーあ。リノさんに怒られる」

投げやりにそう言って、涼香はソファの背に深く身体を沈めた。

「はやく、店辞めたいな」

「それ、客の前で言いますか」

「すみません」

「え、別に。いいですけど。なんですか。なんかあったんすか」

「いや……別に」

涼香はふさぎ込んでいる。ドレスを裂かれたことで明確に示された悪意に、怒りと悲しみ、不安を感じている。しかし、彼女は発生したトラブルや乱された精神状態について、誰にも、なにも相談しない。相談という文化を、きっとよく知らないのだろう。ただひとり、黙って機嫌を悪くし、周囲の反感を買うことしかできない。そして、自らをゴミだと貶《おとし》める。

吾輩は細かなガラスのぶら下がった照明の間を縫うように、店内を泳いだ。涼香とは遠く離れたテーブルに、華やかな笑顔を振りまくリノの顔が見えた。ぐるりと一周したが、中原の姿はない。空調をつたって廊下に出て、ちょうど人の声の聞こえた事務室に入る。中原が、携帯を耳に当て、何事かを話していた。

中原が涼香に売っていた草は、国によっては合法だ。善悪など文化でしかない。しかし、人は各々のいる場所で、その瞬間の法に則《のっと》り生きるべきではないか、と吾輩は考える。長い年月の中、その時の人間が手を加え、人の繁栄と幸福を願い形作ってきた法が、今現在の形としてここにあるのだから。重たい頭と不条理な二足歩行。生き物としての美しさと引き換えに、人は過去を積み上げる力や、社会性を手にしてきたのではないか。

しかし、吾輩はサメである。

閉店後、涼香は中原に呼び出された。浮かない顔で着替えを済ませ、まだ赤いドレスの残骸のそのまま残るロッカーを閉じると、事務室と呼ばれる小部屋に向かう。吾輩は、もちろん友の後をついていった。これも、ビジネスではない。

小部屋の奥には薄汚れた事務机がひとつあり、その手前に、ソファとローテーブルのセットが並ぶ。中原は奥のソファに座り、小さなノートパソコンを前に、煙草をふかしていた。

「お疲れさま」

涼香は小さな頷きを返して、手前側のソファの端に腰を下ろした。挨拶は言葉で返したほうが良い、と、いつか伝えたと思うのだが。

「ごめんねー、お疲れのとこ。ちょっといっこ、確認したいことがあって」

そう言って、中原はノートパソコンの画面をこちらへ向けた。涼香は伏せていた視線をちらりと上げる。映っていたのは、なんのことはない。この店のシフト表だ。

「ここのところさ、毎月ちょっとずつ出勤減ってるでしょ」

「はあ」

「なんでなのか、聞いておきたいなって。退職の懸念も含めて」

涼香は少しの間自分の指先を見つめ、やがて、口を開いた。

「出勤減らしてるのは、免許取るためです。リノさんには、あらかじめ言ってます。退職は、いつか、します。そのうち、免許取れたら。私は、日光に当たったほうがいいみたいだし、夜は寝たほうがいいから」

「なるほど」

うーん、と高い唸り声を上げ、中原は煙草を口に運ぶ。そして、なにか含むところのある笑顔で、頷いた。

「あのさあ、ごめんね。プロのダイバーを目指してるって聞いちゃったんだけど、免許っていうのも、その免許だよね」

「……はい」

「嫌なことを言うけどさ、それって、かなり現実逃避に近い夢だと思う」

中原は窮屈そうに腹を丸めて、身を乗り出した。その組まれた両手の指の辺りを、涼香は黙って見つめる。

「ダイビングなんてさ、そりゃ楽しい趣味の世界じゃん。プロになりたい奴なんていっぱいいるでしょ。で、そういう奴らはスズちゃんよりずっと昔からずっと努力してるわけでしょ。思いつきでふらっとプロ目指すなんて、無理だよ」

イッツノットユアビジネス、と、吾輩は言ってやりたかった。しかし、かつて少女に似たようなことを言われた吾輩よりは、中原には発言の権利がある。吾輩は少女と初対面のサメであったが、彼は、涼香を雇用する側の人間だ。

「今後の人生考えるなら、現実的にちゃんと働いて、若いうちに貯金したほうが絶対いいよ。スズちゃん可愛いんだし、いろいろ息抜きしながらでもちゃんと稼げるでしょ。だから」

「人生とか別にいいです」

速やかに営業トークに移行しようとしていた中原を、涼香は遮った。その声には、諦め、投げやりのようなマイナスの感情とはいささか温度の違う、少しの自由を感じさせる響きが、含まれているように聞こえた。

「私って、あの、わりとゴミっていうか、そんな感じなので。私の人生とかは別に大事じゃないです」

「は？　……じゃあなおさら、もっと稼げる仕事に移って楽しみながら生きたらいいんじゃないの」

「いいえ。私には人生より大事な柱があるので、それに沿って生きます」

「柱ってなに？」

「サメ」

中原の口が、笑いの形に広がる。しかしそこから出てきたのは、低くかすれた冷たい声だった。

「ゴミなだけあってゴミみたいな柱だね」

「……サメを馬鹿にすんじゃねえよ！」

ガッ、と、涼香はローテーブルの脚を蹴った。涼香の沸点の低さに、中原は一瞬目を丸くした。その目を、今度は針のように細める。針を持つ生き物が、吾輩は好きではない。

「おまえさあ」中原は言う。

「トークもできない愛想もないブスがこの業界でいつまでも生きてられると思ってんの？　スズちゃん。お客さんだから甘やかしてたけど、他の店じゃまずおまえみたいな頭ヤバいやつ雇われねえから。ろくな指名もとれねえわ、他の女の子からも嫌われるわで、邪魔なだけじゃん？」

涼香は再び足を持ち上げ、今度はテーブルの上の灰皿を蹴る、かと思われたが、すんでのところでその足を下ろした。中原の言葉に、涼香はかすかに頷いていた。自らが、あまり社会に歓迎されない人間だということを彼女は知っている。中原は短く笑い声をもらすと、二本目の煙草に火を点《つ》け、ソファの背もたれに大きくのけ反り、言った。

「スズちゃん貯金とかしてないっしょ。サメとか言ってどうせ男に貢いでるんでしょ？そしたらさあ、プッシャーやらない？」

「プッシャー？……売人てこと？」

「そう。もうちょっと稼げるお店に移って、そこのお客さんに売ってほしいんだよね。おまえがやってたぬるい草とかじゃなくて、もっと高級なお薬ね。そっちからもお金入ってくるし、なんなら商品のテイスティングもできるし、悪い話じゃないと思うけど」

「やらない。私はダイバーになるから」

伏せていた瞼を上げ、涼香は言った。静かに響く良い声だった。こういった声も出せるのだ。彼女の、浮き沈みの激しい性《さが》は、海の生き物の動きに似ているようにも思う。

中原は大きく舌打ちをし、点けたばかりの煙草の火を荒々しく灰皿に押し付けた。

「あっそう。じゃあいいや。なんかおまえムカつくし、組織に消してもらう」

「は？　なに。組織って」

突如飛び出した浮世離れしたワードに、涼香は眉を顰《ひそ》めた。しかし、中原は冗談を言った風ではない。サンタクロースの微笑みも悪意を込めた嫌な笑みも掻き消して、開いた膝の上に肘をつき、煽るように涼香を睨《ね》め付けた。

ふたりの頭上を、吾輩は滑らかに泳いだ。狭い室内とはいえ、二メートル×一メートル×九十センチの水槽よりはずっと泳ぎやすい。緩やかな弧を描いて移動し、中原の背後、首の後ろのあたりを揺蕩《たゆた》う。

「おまえ最近リノとつるんでんだろ。俺のこととか商品のことさ、オーナーにばれたら面倒なんだよね。おまえ頭ヤバいからさあ、その辺あっさりばらしそうで目障りなんだわ。ま、幸い、おまえひとり消えたとこで、誰も騒ぐやついないでしょ」

「サメだ！」

涼香が叫んだ。まっすぐに吾輩を指差す。

中原が振り返る。吾輩を見る。

「サメだ！」

叫んだ中原の頭に、吾輩は噛みついた。下顎の歯がこめかみに食い込む感触がする。熱い血が口腔内に広がった。溢れる血の匂いにテンションが上がる。尾ビレで鋭くUターンし、膝をついた中原の首にさらに噛みつく。こめかみからふき出し続ける血が、左の胸ビレに降り注いだ。

「サメ！」

涼香の声に、吾輩は顔を上げた。支えを失った中原の身体がゆっくりと床に沈む。その上に、吾輩の口から溢れた血がボタボタと滴った。

「マネするなよ。吾輩はサメだから許される」

「マネしないよ。うっわ」

顔中を顰《しか》めて涼香が言った。血の匂いが不快なようだ。中原の血は複数の人工物の混じりあった複雑な匂いがした。あまり吾輩の好みではない。テンションを上げておいてなんだが。

「なんで、サメがここにいるの」

痙攣《けいれん》する中原の身体と吾輩を交互に見ながら、涼香が問う。

「これといった理由はないんだ」

「そうなの？　うわ、本当にサメだ。どうして？　でも、嬉しい。ああ、でも、ちょっと、ヤバいね。サメって、危ない生き物」

「ああ、吾輩のようなタイプは普段、人に噛みついたりしないのだがね。うっかり小魚と間違えることもある。海に入るときは、ある程度気を張ったほうがいい。ところで、人に見られてはまずいな。外に出ようか」

裏口のドアノブを吾輩が噛んで回し、涼香と共に路地へ出た。シンと冷えた空気が身体を包む。空を仰ぐと、昨日よりも幾分かはっきりとした星の瞬きが見えた。

「中原は死んだのかな？」

ゴミ捨て場近く、人気のない路上で足を止め、涼香は言った。

「どうだろうか。まあ、気にすることはない。廊下には監視カメラもない。涼香が一緒だったとは誰も知らないし、奴から出てくるのは動物に噛まれた痕だ。きっと、闇の組織に猟奇的な方法で消されたと思われるさ。生きていたなら、自らサメに噛まれたと証言する」

はあ、と大きく息を吐くと、涼香はポケットから携帯を取り出し、救急車両を要請した。なんとも社会的な行動だ。文明人として正しい。通話を終えると、頭上を漂う吾輩を見上げ、目を細めた。

「久しぶりだね、サメ、元気だった？」

涼香が吾輩をどういう生き物としてとらえているのかはわからない。しかし、かつて飼っていた水槽の中のサメと、空を泳ぐ吾輩とを同一の個体として認識してくれたことは、吾輩には喜ばしいことだった。普通に会話をしてしまえるところは、一般的な文明人として少々正しくない気もするが。とにかく、最後に会えてよかった。どうやら本当に、吾輩はもう、最後のようだ。

「ああ、元気だ。だが、もう行かなくては」

「そう。またここに来る？」

「いや、もう来ない。人食いザメは殺処分されるからな。各々、好きな場所で、人生を謳歌《おうか》しよう」

「わかった。私はボラボラ島にする」

「素晴らしい。君に向いていると思うよ」

吾輩は胸ビレを振り、高度を上げた。左右に揺れる尾ビレの先を、涼香が目で追う。

「さらばだ」

鼻先を星の広がる宇宙に向け、吾輩は空へと昇った。流線形のこの身体の美しいフォルムを、涼香はいつまでも見送ってくれるだろう。ヒレの先から、少しずつエーテルが空に溶け出す。吾輩は、自分の生涯について考えた。

友を得て、イカを食べ、清潔な水の中を泳いだ。同胞を見て、自らの美しさを知り、少女に学び、旅をした。友と再会し、ひとりの人間を殺して、友と別れる。

短い生涯を振り返り、そして理解した。

吾輩が生まれた意味は、特になかった。ただ、吾輩が楽しかっただけだ。

そして吾輩は、ボラボラ島を目指す。吾輩は、なにかのために生まれたものではない。エーテルがすべて宙へと還る瞬間まで、この生を謳歌する。吾輩は自由なサメである。

解　説

吉田大助

本当にほしいものは、「本当にほしいもの」。

現代に暮らす多くの人々が抱いている感情は、これではないか。いやいや自分にはほしいものが確かにあるという人も、次の質問で沈黙せざるを得なくなるだろう。「本当に?」。モノや情報に満たされ過ぎた世界で、本当にほしいものだけが見つからない。本当にしたいことは何かが、分からない。

だが、一九八七年宮城県生まれの小説家・渡辺優《わたなべゆう》が生み出す小説の登場人物達はみな、胸を張って「本当に!」と答えるだろう。彼らは、自分の本当の欲望を知っている。本当の欲望を叶《かな》えるために、がむしゃらに行動している。

例えば、第二八回(二〇一五年度)小説すばる新人賞を受賞した『ラメルノエリキサ』の主人公・小峰《こみね》りなは、幼い頃から一六歳になった現在に至るまで、復讐《ふくしゅう》を生き甲斐《がい》にしている。〈復讐をやり遂げたときの、快感、達成感、安心感〉〈私は自分が好きだから、大切な自分のためにいつでもすっきりしていたい。復讐とは誰かの為じゃない。

大切な自分のすっきりの為のもの〉。そんな彼女が六月のある夜、通り魔に刺されてしまう。病院で目覚めた彼女が最初に考えたことは、〈これはもちろん、復讐が必要とされる案件だ。今までで一番大きなヤマかもしれないわ〉。聞き込みにやって来た刑事に対し、犯人逮捕に繫《つな》がる重要な手がかり——去り際に耳打ちされた謎の言葉「ラメルノエリキサ」——は漏らさなかった。〈だって、私は復讐がしたいんだもん〉。我に大義あり！　かくして少女は、復讐を果たすという目的に向かって突っ走る。

選考委員の宮部《みやべ》みゆきは選評で、主人公のキャラクター造形を絶賛した。〈読者に主人公を好きになってもらわないと——少なくとも好意的な関心を抱いてもらわないことには、出だしからつまずいてしまうエンタテインメント小説では、新人の書き手はどうしても「いい子」になりがちで、なかなか本音を吐くことができません。渡辺さんには、そういう弱気ないい子ぶりっこがなかった。かといって偽善を気取ることもなく、人が生きてゆく上で拠《よ》り所になる、「愛」ではない「何か」を探し求める眼差しは真剣そのものでした〉。その「何か」とは、何か。その人ならではの、欲望なのではないか。それこそが、人の個性と呼ばれるものではないのか。

二〇一七年一月に刊行されこのたび文庫化された『自由なサメと人間たちの夢』は、受賞後第一作に当たる短編集だ。デビュー作で芽吹いた作家性が、全七編で全面展開されている。なにしろ第一編「ラスト・デイ」は、こんな一文から始まる。〈さて、私は死にたい。本当に死にたい。心の底から死にたい〉。さあ、欲望の見本市の開幕だ。とは言え、「私」は本気で死のうとはしていない。〈私が死なないのは、死にたくないからではない。一度しか死ねないからもったいないのだ〉。でも、精神科に何度目かの入院をし、何度目かの退院を控えた今日というこの日は、強い思いがあった。〈良く晴れた、素晴らしい日だ。私はきちんと、今日を最後の日にできるだろうか〉。この一文が出てくるのは、短編全体のぴったり半分のところ。後半では、何が起こるのか？　ネタバレすれすれの書き方をするならば、「私」は新しい欲望を自覚する。そのために、古い欲望を捨て去る儀式をおこなうのだ。途中までは同じ言葉でも、続く言葉が変われば、全体の意味ががらっと変わる。渡辺優のミステリ的感性がいかんなく発揮された一編であり、文章のファンキー度合いもこれがピカイチ。

第二編「ロボット・アーム」は、二〇三〇年代を舞台にした近未来ＳＦだ。工場労働者の後藤大貴《ごとうだいき》は、仕事中の事故で右手を失ってしまう。「今や義肢は、失われた手足の代替品じゃない。それ以上なのです」とハイテクスペックを強調する義肢装具士の煽《あお》りに心が揺れ、選んだのは肌色ではなく黒い義肢。すると、それを見た同僚が「男としての尊敬」の眼差しを向けてきた。「なんか、色とかも超クールっすよね。艶消しで金属っぽいし、すげーロボっぽいっていうか。すげー強そう」。その言葉をきっかけに、後藤の内側に変身願望が芽生える。義肢の握力を強化し、ヒーローとなって誰かを救いたい——。〈喧嘩《けんか》がしたい、と思った〉〈どうか胸倉をつかんでほしい〉。この状況になったからこそ噴出した、人生初となるさまざまな感情に主人公は翻弄《ほんろう》されていく。ラスト一行の欲望の光景は、ハッピーとバッドがきっちり五分と五分で拮抗《きっこう》している。

第三編「夏の眠り」は、大学生の主人公が明晰夢《めいせきむ》——〈完全に自分の意思で、その内容を制御、コントロールすることのできる夢だ。（中略）その夢の中では、すべてを自分の思うまま、望むままにできる〉に挑戦する。彼は、現実において何が叶えられず、夢の中で何を叶えたかったのか？　ほしい・したい・叶えたいという夢に、眠る時に見る夢が、この一編を皮切りに、以降の短編でも重ね合わされていく。第四編「彼女の中の絵」の主人公・古賀《こが》は、小さな美術館で趣味の模写をしていたところ、常連客の女性から意外な相談を受ける。ヤクヤレヴィレという画家の絵を探している。こんな色味で、こんな構図で……。彼女が言うには、「夢の中で見た絵」かもしれない。でも、なんとかしてその絵をもう一度目にしたい。その欲望を聞き届けた古賀は、彼女の証言を元に、自ら筆を執ってその絵を再現しようと試みる。その絵を描くことは、実は古賀自身の欲望に応えることでもあった。極めてオリジナルな、欲望の共犯関係が成立する。ところが。

第五編「虫の眠り」はやや異色だ。高校二年生の榎本美結《えのもとみゆ》が、同級生の小野寺知実《おのでらともみ》にボールペンで刺されてしまう。知実に「虫」というあだ名をつけ、いじめの火種を作った松井真奈《まついまな》、知実の「唯一の友人」を自認する高木亜梨奈《たかぎありな》、「私が先に知実ちゃんを傷つけたんです」と訴える被害者の美結、そして知実の妹。多視点バトンパス形式であぶり出されていくのは、人は自分の見たいようにしか現実を見られないということ。この稿の序盤で、「欲望」を「個性」と言い換えたのは、それが理由だ。第六編「サメの話」は、サメを飼いたいという長年の夢を叶えるためにキャバクラで働くヒロインが、叶えてしまった後の物語。「サメ部屋の家賃とか水槽の維持費とか電気代とか餌代で、月三十万は見ておかないと。だから、毎日働いても私は貧乏」。他に好きなものはないし、働きたくない。でも、サメのために……という一心で支えられていた日々が、ある一点を境にぐにゃりと歪む。

最終第七編「水槽を出たサメ」は、この作家ならではのスーパーナチュラルな思考（サメが喋《しゃべ》りますけどそれが何か？）が全面展開されている。直接的には第六編の後日談を描きつつ、短編集全体を包み込むような視点が提示されているようにも思う。短編集のタイトルである「自由なサメ」と「人間たち」との違いは何か、ということだ。それは、欲望だ。人間は、動物的で本能的な欲求だけでなく、自分はこういう人間でありたいと想像力を巡らせ、自分に足りない部分を満たしたいという夢に掻《か》き立てられる生き物なのだ。

本書の登場人物（人間）達はみな、その人物でしかあり得ない異様な欲望の持ち主ばかり。そして、全七編かけて本書が伝えてくる何より重要な点は、自分の本当の欲望を知ることは、実は悲劇なのかもしれないという可能性だ。なぜなら欲望を叶えるための行動によって、それまでの安心・普通・安定的な人生が、決定的な変転を遂げてしまうことになるからだ。

一冊の本を紹介したい。社会学者の古市憲寿《ふるいちのりとし》が、二〇一一年九月に刊行した『絶望の国の幸福な若者たち』だ(加筆した文庫版は二〇一五年一〇月刊)。本書の主題は、日本経済が崩壊し高齢化社会のツケを払う、「かわいそう」で「不幸」な日本の若者たちが、約半世紀にわたる調査においてもっとも「幸せ」を感じているという現実だ。内閣府による「国民生活に関する世論調査」によれば、二〇一五年の時点で二〇代の七九・三%が現在の生活に「満足」していると答えているのだ。古市は、「人は今よりも幸せな未来を描けなくなった時、幸福度が上がる」「人は将来に希望をなくした時、幸せになる」と分析した。それに対する反論を受け、文庫版で古市は再反論の言葉を紡いでいる。〈本書の中で、僕が「希望をなくす」という表現に託したのは、「希望」自体を意識する必要がない状態だった。もし「希望」という言葉が強すぎるなら、「あきらめ」が人を幸せにすると言い換えてもいい〉。

若者論でありながら現代社会論でもある本書のこうした主張は、どの年代にも当てはめられるだろう。「あきらめ」てさえいれば、自分は不幸だなんて考えずにいられるのだ。自分は幸せだ、と感じることすらできる。でも、それでも人は、「希望」を手にしてしまう。事故のように「本当の欲望」を知ってしまう。そこから始まる時間は、不安定で悲劇的なものになるかもしれないと察知しながら。哲学者ニーチェの名言「この世に存在する上で、最大の充実感と喜びを得る秘訣《ひけつ》は、危険に生きることである」を引用せずとも、直感的に分かる。本当の欲望を知ることこそが、一度きりの、本当の人生の始まりなのだ。

渡辺優は二〇一八年三月に、第三作『地下にうごめく星』を発表している。主人公は、四〇代半ばを過ぎて独身、仙台の会社に勤める夏美《なつみ》。平穏無風な生活に幸せを感じていた彼女が、オタクの同僚男子に誘われて地下アイドルのライブへ足を運び、心を撃ち抜かれる。そして、「推し」のために、仕事のかたわら新しいアイドルグループをプロデュースしようと決意する。本作においても、欲望の隣にある「飽き」や「あきらめ」、「苦しみ」や「呪い」や「重荷」や「面倒臭い」の感覚がちゃんと書き込まれている。だが、最終章に辿《たど》り着く頃には必ず、夏美のことがうらやましくて仕方なくなっているだろう。

自分も何かが強烈にほしい。何かへ強烈に手を伸ばしたい。渡辺優の小説を読むと、その「何か」が何なのかを、本気で探してみたくなる。

（よしだ・だいすけ　文芸評論家）

本書は、二〇一七年一月、集英社より刊行されました。

初出誌「小説すばる」
ラスト・デイ　二〇一六年五月号
ロボット・アーム　二〇一六年三月号
夏の眠り（「サマー・ドリーム」より改題）　二〇一六年七月号
彼女の中の絵（「夢の中の絵」より改題）　二〇一六年九月号
サメの話（「サメの話　前編」より改題）　二〇一六年十一月号
水槽を出たサメ（「サメの話　後編」より改題）　二〇一六年十二月号
「虫の眠り」は書き下ろしです。

本文デザイン／アルビレオ
本文イラスト／しきみ

集英社文庫

自由《じゆう》なサメと人間《にんげん》たちの夢《ゆめ》

2019年1月25日　第1刷

定価はカバーに表示してあります。

著　者　渡辺《わたなべ》　優《ゆう》

発行者　徳永　真

発行所　株式会社　集英社
東京都千代田区一ツ橋2-5-10　〒101-8050
電話　【編集部】03-3230-6095
【読者係】03-3230-6080
【販売部】03-3230-6393（書店専用）

印　刷　凸版印刷株式会社

製　本　凸版印刷株式会社

フォーマットデザイン　アリヤマデザインストア　　マークデザイン　居山浩二

ISBN978-4-08-745829-9 C0193